おいしい旅

初めて編

近藤史恵／坂木 司／篠田真由美／
図子 慧／永嶋恵美／松尾由美／松村比呂美
アミの会＝編

角川文庫
23250

目次

下田にいるか

坂木 司

坂木司（さかき・つかさ）

一九六九年、東京都生まれ。二〇〇二年『青空の卵』で〈覆面作家〉としてデビュー。一三年『和菓子のアン』で第二回静岡書店大賞・映像化したい文庫部門大賞を受賞。主な著書に『ワーキング・ホリデー』『ホテルジューシー』『大きな音が聞こえるか』『肉小説集』『鶏小説集』『女子的生活』など。

品川《しながわ》駅、午前十時。東海道《とうかいどう》線のホームに近いコンコースの端に、僕はぼんやりと立っている。

複数の路線を有する駅はラッシュアワーが終わっても人が多く、電車が到着するたびに僕の前を小川の流れのように人が通り過ぎてゆく。それを眺めながら、ただ発車メロディーを聞いている。鉄道唱歌だ。ああ、どこかに行きたい。行ってしまいたい。

＊

思えば、適量のわからない人生である。

おいしいと思ったごはんは食べすぎてお腹を壊すし、好きになった人には全てを捧《ささ》げすぎて敬遠される。好きな科目は研究者レベルまで探求するけど、嫌いな科目は評価最低でも気にしない。そしてそれは、仕事においても同じで。

『サトウ君はさあ、いつもやりすぎ、詰め込みすぎなんだよ』

昨日のＺｏｏｍでの会議でも言われた。

『企画の意図はいいんだよ。だからこう、もうちょっとスッキリさせてから出してくれないかな』

でもせっかくの旅行なんだから、面白い方がいいじゃないですか。心の中ではそう答えていた。なのに口に出したのは「……はい」。

新型コロナウイルスのおかげで、踏んだり蹴《け》ったりの旅行会社である。最初の年はオンラインツアーにも力を入れてみたけど、やっぱり画面だけでやるには限界があった。だから社員一同、この状況でもなんとかお客さんに楽しんでもらおうと企画を出し続けているわけで。そんな中、僕の企画はいつも『濃すぎる』とか『減らして』と言われ、そのまま通ることは滅多にない。

でもさ、せっかく行くなら最高に楽しんでほしいし、濃い体験をしてほしい。そう思うのは悪いことだろうか。

今回は時代劇村でコスプレをして、和のアフタヌーンティーを楽しむ企画が候補に挙げてもらえた。そうしたら、途中で乱入してくる素浪人と、それを助ける侍や忍者やくノ一はいらないと言われた。どうして。僕だったら、「アフタヌーンティーの途中で悪漢が現れるんですけど、助けてもらえる相手が選べるんですよ！」って言われたら、アガるんだけど。

『ああ、それと駕籠《かご》に乗っての送り迎えもいらないと思うなあ。着物で乗り込むと着付けが崩れやすいし、食べた後に乗るのも帯がしんどいでしょう』

　女性の先輩に言われて、僕は言葉に詰まった。わかるけど。確かに着付けが崩れることまで考えてなかった。けど。

　けどさ、駕籠、乗りたくない？　一生に一回くらい、乗ってみたくない？

『俺は、駕籠は悪くないと思うよ。オプションで行きだけ使うとか、やり方はあるだろうし』

　直属の上司が言ってくれて、ちょっと嬉《うれ》しくなる。でも、その直後に彼は言った。

『――ただなあ、そもそも時代劇村って遠いだろう』

　今、うちで販売成績がいいのは近距離のツアーだ。コロナ禍だからこそ求められる安近短。だから各社、なんとか近場で面白そうなネタを模索している。で、時代劇村はというと――都内から片道三時間半。

『内容は悪くない。でも、もうちょっと近いところで考えてみてくれないかな』

　わかりました、というしかなかった。

　で、その翌日が今日。リモートでも会社に届くものがあるので、その受け取りと整理の当番で久しぶりに出社した。誰もいないのに九時ぴったりにパソコンを起動して「来てますよ」報告をし、リアルの書類を整理する。つまらない。最初はこれも非日常感があって面白かったけど、二年も続くと飽きる。それに旅行業界全体の落ち込みも止まらないし。

そんなところへ、社内メールの着信があった。見ると、僕の企画を叩《たた》き台《だい》にして先輩がブラッシュアップした安近短のツアーが提案されていた。

『浅草《あさくさ》で大正浪漫！　和アフタヌーンティーと牛鍋《ぎゅうなべ》ツアー』

なんだよこれ、と思わず声が出た。でも、内容を読んでいくと怒りはしゅるしゅると萎《しぼ》んでいった。だってこれは、僕のよりはるかにうまく出来てる。

和服だけだった時代劇村と違って、大正浪漫しばりなら洋装も選べる。和服にレースの付け襟とか、男性のクラシックなモーニングなんかは着たがる人も多そうだ。そして乱入キャラはいなくなっていたけど、駕籠のかわりに人力車が採用されている。これなら無理なく乗り込めるし、そのまま観光もできる。しかも「この字があれば人を呼べる」と言われている「牛」まで入っていて隙がない。

さすが先輩。企画の原案のトップに僕の名前を入れてくれてるあたり、隙だけじゃなくそつもない。

「あーあ」

ため息をつきながら、企画の決に「賛成」を入れておく。

届いていたものが少なかったため、整理はあっという間に終わって一時間で会社を出た。当番の日は、これさえ終わってしまえば後は自由にしていいことになっている。

普段だったら「これから何しよう？」って大喜びの時間、なんだけど。

気分が、ぱっとしない。なわけで、駅でまだぼんやりしている。

鉄道唱歌を聴くと、列車に乗りたくなる。旅に出たくなる。適量のわからない僕は、電車旅が気に入れば鉄道おたくに足を突っ込み、その後駅弁から地方グルメに関心が移って、結果旅行業に就くことを選んだ。

でもここ二年は、僕自身が旅に出ていない。つらい。

わかってる。お客さんだって県をまたぐことを控えて、自分の住んでいる場所から近い旅行ばかりしていること。そもそも旅行なんて行けない医療従事者の人がいること。そんなことは、よくわかってる。でも、なんか色々もやもやして。僕は一人暮らしだし、次の当番の日まで仕事はまたリモートだし。なんかなあ。

あまり長い時間コンコースにいるのも気が引けたので、僕は駅の構内をゆっくりと歩いた。国鉄時代の郵便・荷物合用車両のデザインが施されたポストを通り過ぎ、端にある一番線と三番線の階段脇まで来る。するとちょうど山手《やまのて》線が到着したらしく、発車メロディーである「トレイントレイン」が聞こえてきた。その瞬間、思った。

列車に乗ろう。

＊

どうせ乗るなら、遠くへ行きたい。海が見たい。

品川駅で海といったら東海道線だ。横須賀《よこすか》線や総武《そうぶ》線もあるけど、小田原《おだわら》・熱海《あたみ》方面へ向かう東海道線は、普通列車に乗るだけでも旅行気分が味わえる。

でも、それじゃ面白くないな。

適量で我慢できない自分が、ここでも顔を出す。品川からは新幹線もあるけど、どうせ乗るなら踊《おど》り子《こ》号みたいな伊豆《いず》半島を走る伊豆急《いずきゅう》直通の列車に乗りたい。そう思って時刻表をスマホで調べると、一本だけ乗ったことのない特急の名前が出てきた。

『サフィール踊り子』……？」

そういえば、会社のパンフレットで見たことがある。2020年から運行が開始された比較的新しい観光列車だ。それが、一日一往復だけ運転されているらしい。

一日一往復。全席指定。豪華な個室もあり、カフェテリア車両まで連結している。

これはもう、乗るしかないだろう。いや、乗りたい。

品川を通るのは、十一時過ぎ。時計を見ると、今は十時半だった。

もし運が良ければ。僕は構内から足早にみどりの窓口を目指す。スマホのえきねっとでもチケット検索はできるけど、こういう観光列車は窓口での扱いが多いしそっちの方が早い。

「ああ、山側の一人席なら残ってますよ」

そう言われて、僕は「かまいません」とうなずく。人気列車らしいから、乗れるだけでもありがたい。

「どちらまでですか？」

考えていなかったけど、もうこうなったら最果てまで行ってやろうという気持ちになる。

「終点まで」

すると行き先は『伊豆急下田《しもだ》』になった。下田か。聞いたことはあるけど、行ったことはないからちょうどいいかもしれない。

チケットを持って東海道線のホームに降りると、ちょうど普通列車が発車したところだった。見慣れた通勤電車。でも足元に視線を落とすと、「踊り子乗車位置」や「サフィール乗車位置」といった印が見える。日常の中に潜むリゾート感。

そして定刻。サフィール踊り子号が入線してきた。メタリックブルーが綺麗《きれい》な列車だった。

わくわくしながら乗り込むと、いきなり車両の天井が明るくて驚いた。天窓がついている。

足元を見ると床は木目調で、いかにも自然を楽しんでくださいという感じのデザイン。座席は海側に二人がけ、山側に一人がけとなっている。シート自体がゆったりと広くて、電動のフットレストまでついていた。わかってはいたけど、すごく贅沢《ぜいたく》な作りだ。

車内の席は埋まっているものの、ゆとりある作りのため混んでいるとは感じない。しかし自分を棚に上げて言うけど、この人たちはコロナ下でよく旅に出てるよな。まあ、日帰りもできなくはないけど、荷物の感じからして結構な人数が泊まる気がする。

多いのは、中高年の二人連れとグループ。さすがに高齢者は少ないけど、いないわけじゃない。子連れや学生の姿が見えないのは、新学期が始まって間もないからだろう。

「あ～」

ゆったりとしたシートに体を預けると、マスクの中で小さな声が出た。これだよ、これ。この感じを僕は、ずっと求めてた。

一人暮らしの狭い部屋でパソコンと向き合う日々。恋人がいるわけでもない僕は、出社しなければほとんど誰と会うこともない。週末に友達と話したりくらいはするけど、コーヒーをテイクアウトして外で話すという、中学生みたいな日々。おかげで近所のカフェには詳しくなったけど、でももう、近所自体に飽きていた。

だってもう、二年目だ。

二年あれば生まれてきた赤ちゃんは二歳になるし、新卒だってもう一人前だろって言われる。それをさ、近所の狭い範囲で二年。

「——長いよな」

多分、僕は結構我慢した方だ。一年目は実家にも帰らず、お互いのワクチンを打ち終わってから少しだけ帰った。だってほら一応旅行業だし、たまにだけど接客もあるから。

「こんなご時世でもうちに来てくれるお客さんにうつすとか、したくないから」

先輩の言葉に、その場にいた全員が「だよな」という顔をした。

旅が嫌いだったら、こんな仕事に就いてない。だからたとえ日帰りでも、楽しんでほしい。そんな気持ちが、現場ではもうめちゃくちゃに煮詰まっているのだ。

で、煮詰まった結果、詰め込みすぎツアーを企画して今ココ、なわけだけど。

豪華な列車に乗ったはいいけど、どうせしばらくは都心を走るからカフェテリアに行ってみることにした。するとここがまたラグジュアリーなデザインで、入口にはおしゃれな制服を着こなしたアテンダントさんがいる。

「ご乗車ありがとうございます。お客様、ご予約はされていらっしゃいますか？」

アテンダントさんに聞かれて、僕は首をかしげる。予約？

「はい。サフィール踊り子号には専用のサフィールｐａｙというシステムがありまして、そちらからカフェテリアのご利用時間とメニューをお選びいただけるんです」

「そうだったんですね」

僕がスマホを取り出そうとすると、アテンダントさんは「あ、今は空《す》いているのでよろしかったらこちらでご予約をお取りしますよ」と言ってくれた。どうやら空いているときは、その場での利用も可能らしい。

「じゃあお願いします」

もう十一時半だし、パスタを注文した。正直そこまで期待していなかったんだけど、出てきたのは新鮮なトマトを使ったスパゲティで、きゅんと甘酸っぱくておいしい。メニューには「伊豆産トマト」と書いてあって、旅心が高まった。アルデンテとかはよくわからないけど、すごくおいしくてレストランの味だなということはわかる。さらに、ついてくるパンもおいしい。ちゃんと温めてあってパリパリのふわふわ。今の食堂車ってすごいんだな。

一人用の席はカウンターになっていて、窓に面している。なので横浜駅《よこはま》で停車したときはちょっと、いやかなり恥ずかしかった。でも横浜を出て平塚《ひらつか》を過ぎると、ぐっと海に近づいてくる。そして小田原のあたりで、海が見えた。少し遠いけど、晴れた空と水平線の取り合わせが綺麗だった。

食べ終わって席に戻ると、次の停車駅が近づいてきた。熱海だ。ここまでは都心からも一時間圏内で、新幹線も通っている。確か駅ビルも新しくなったとかで、平日の昼でもそれなりに人がいる。いつもなら、ここで満足していただろう。

でも、今日は違う。

＊

熱海から先は、JR伊東《いとう》線に入る。そして伊東から先が、いよいよ伊豆急の路線だ。サフィール踊り子はJRの乗り入れ電車なので、ここからが本番といっても過言ではないだろう。

窓の外の景色は綺麗なんだけど、なんていうかのんびりしている。

田舎っぽいというか、田舎なんだと思うけど、不思議と寂しい感じはしない。陽射しが明るくて、あちこちに橙色《だいだいいろ》のみかんがなっていたりするせいだろうか。それとも伊豆高原《こうげん》みたいな観光地が間に挟まっているから？

窓からの眺めはいいけど、トンネルが多い。海が見えたと思ったら、すぐにトンネルに入る。もしかしたら伊豆急って山をめちゃめちゃ掘って引いた、すごい路線なのかな。実際、駅はほとんどが高台にあって海は下の方に見えている。それはつまり、継続的な平地がないということだ。

伊豆高原で結構人が降り、車内が空いてくる。それとともに、さらにのんびりとした気分が盛り上がってきた。いいぞいいぞ。

やがて伊豆熱川《あたがわ》に近づくと、駅のホームのすぐそばで温泉の湯気がもくもくと上がっていた。そして否《いや》が応でも目に入る『熱川バナナワニ園』の文字。スマホで調べてみると温泉の熱を利用してバナナを育てているらしいけど、面白過ぎる。バナナとワニ。なぜ。取り合わせの妙。僕と同じように適量のわからない感じがしてすごくいい。

『お客さまにご案内いたします』

突然流れる車内のアナウンスに、スマホから顔を上げる。なんだか周囲が明るい。見ると、海側の車窓が一面、海になっていた。

『電車はこれより、東伊豆《ひがしいず》海岸線を走ります』

ゆるくカーブした長い海岸の波打ち際を、列車は速度を落として走る。がたんごとん、がたんごとん。子供の頃に聞いたようなゆったりとしたリズム。そして今までのトンネルが前振りだったかのような、どこまでも広がる海。

水平線が、きらきらと光っている。

島がいくつも点在しているのが見える。

鳥が、群れをなして飛んでいる。

眠たげでノスタルジックで、ちょっと泣きたくなるような海だった。

今井浜《いまいはま》海岸から河津《かわづ》を過ぎると、また景色は山、トンネル、遠くに海、トンネルの繰り返しになった。途中の河津でまた人が減り、車内には僕を含め数人しか残っていない。

『次は終点、伊豆急下田でございます』

列車が減速をはじめ、やがてホームにゆっくりと停車した。このゆっくり感も、都心のそれとは違っていい。「着きました！　ドア開けます！　折り返します！　次のお客様どうぞー！」ではなく「はい着きますよ～。ドア、開けるので座って待ってて下さいね～。折り返すのは二十分後ですから、写真とか撮っててていいですよ～。次のお客様も、座って待ってて下さいね～」みたいな。

ホームはフォークの先みたいな形をした頭端式で、いかにも終着／始発の駅といった雰囲気がある。降りると遠くに今抜けてきたばかりの山が見えて、海っぽい感じはしない。でも、隣のホームに止まっている列車は海感満載だった。真っ黒な車体に、船の舵《かじ》のマーク。『黒船電車』と書かれていたので調べてみると、どうやら下田にはあの黒船でペリーが来航していたらしい。

ペリーって、浦賀《うらが》以外にも来てたのか。遠い教科書の記憶を引っ張り出しながら考える。説明によると、下田は黒船にとって物資補給基地のような立ち位置だったそうだ。なんでも、下田港が湾ではなく外洋に向かって開かれていたため、大型船が入港しやすかったとのこと。そうか、伊豆は「伊豆半島」だもんな。その先端が下田ってわけか。

改札へ向かう途中で、やけに豪華な待合室が見えた。こっちは豪華列車の「THE ROYAL EXPRESS仕様で、テーマカラーのロイヤルブルーがあしらわれた椅子やソファーが目についた。JR九州の『ななつ星』で有名な水戸岡鋭治《みとおかえいじ》のデザインだったから、これは僕も知っている。

にしても伊豆急、単線区間も多い地方鉄道なのに変わった車両が多いな。

再び検索すると、黒船の他にも同じ車両を使った違うデザインで『キンメ電車』という伊豆特産品の金目鯛《きんめだい》をイメージした真っ赤な車両もあった。そしてさらに面白いのは、黒船もキンメも扱いが各停の普通列車だということ。

いや普通、ここまで凝ったやつって特急や観光用にしてもうちょっとお金取るだろ。

伊豆急、のんびりしてるな。

僕は苦笑しつつ、改札を出た。

＊

さて、これからどうしよう。時刻は一時半を過ぎたところ。昼は食べたし、観光でもしてみるか。

すると駅の構内に水槽が展示されていることに気がついた。海も近いし、近海の魚とかかな。そう思って近寄ると『下田海中水族館』と書いてあった。ん？　水族館はわかるけど、『海中』ってなんだ。

スマホで検索すると、どうやら水族館が海の中にあるらしい。言葉だけだと意味がわからないが、画像を見ると湾になったような場所にフロートみたいな施設があるのがわかった。

なにそれ。面白い。

アクセスはここからバスで七分、タクシーで五分。タクシー乗り場の方に出ようとすると、今度は『下田ロープウェイ』というポスターが目に入る。伊豆半島の海をイメージしていたのに、今度は山。でも確かに、トンネルが多かったしなあ。しかもこっちは駅から徒歩一分。

なんだそれ。駅から一分で乗れるロープウェイとか。面白過ぎる。

どちらに行こう。少し考えてから、営業時間を調べてみた。コロナのせいか、あるいは人の少ない時期のせいか、ロープウェイは三時半が上りの最終で、水族館は五時までやっていた。なら、ここは水族館だろうな。

そして一応、旅行会社の人間として帰りの足も確認。すると、上りの特急は三時が最終だった。普通で熱海や伊東まで行って東海道線にアクセスするならもっと幅があるけど、なんとなくそれはしたくなかった。だって今日は勢い任せの旅だから。

だとすれば、答えはひとつ。

泊まろう。下田に。


検索を打ち込む前に、手が止まる。民宿、旅館、ホテル、どれにしよう？　そう考えた瞬間、よく先輩がお客さんに聞いている台詞《せりふ》を思い出した。

「ステイ先での目的は、なんでしょう？」

今の僕の目的は――のんびり広いところで休むこと。

「お決まりでないなら、まずは和か洋で分けてみましょうか」

なんとなく、ホテルかな。

「次はお料理。食べるのはレストランかお部屋か」

これはどっちでもいい。

「お値段は最後の決め手にした方が、いい条件が見つかるかもしれません」

だよな。さすが先輩。僕はこれを知るまで、最初に値段の条件で検索をかけてイマイチのプランを引くことが多かった。

で、出てきた宿泊施設のうちのひとつが、水族館の近くにあった。下田東急《とうきゅう》ホテル。サイトも綺麗《きれい》で、そこから飛べるTwitterもきちんと更新されている。「今」稼働しているなということがわかるのは、閑散期にはすごくいい。あと、僕にとっては鉄道系の会社が運営しているというのもポイントが高かった。

予約に空きがあったので、ネットで申し込んだ後に一応電話も入れてみる。すると、電話はすぐつながった。

「今さっきサイトから予約したんですが、大丈夫でしょうか」とたずねると、フロントの人は明るい声で答えてくれる。

『大丈夫です。きちんとご予約が入っています。お越しになられるのを、お待ちしておりますね』

おお、なんかすごい好印象。この最初の対応だけで、ホテルのレベルがわかる。まず電話にすぐ出るというのは、人員が足りているということ。そしてサイトの確認が早いのは、従業員の研修がしっかりしている証拠だ。加えて、当日の予約なのに慌てず『お待ちしております』と一言添えるところ。ちなみに僕は、すべてがこの逆な宿に泊まったこともある。とはいえ、そっちは個人経営の山小屋みたいな宿だったのでそれがマイナスポイントにはならなかったんだけど。

宿はそれぞれ。人と同じように個性があり、自分に合うか合わないか。その指標があれば外しにくいってだけの話。

宿が決まったので、安心して駅の外へと歩き出す。すると、正面入口の前に足湯の施設があった。でも、コロナのため閉鎖中。こういう小さなところが、案外削ってくるんだよなあ。コロナ。憎し。

バスの時間がけっこう先だったので、タクシーに乗って水族館を目指す。途中に『ペリーロード』というレトロ感のある街並みがあったので、運転手さんにたずねると実際にペリーが歩いた道なのだという。

「下田港からは、黒船の遊覧船も出てますよ」

「遊覧船!?」

海の中の水族館にロープウェイ、そしてここにきてクルーズ。なんか色々予想外の方向だな。伊豆って、みかんと温泉と海水浴のイメージだったし。

あ、今回からバナナとワニも追加だったっけ。

＊

水族館に着くと、入口は特に変わった感じはしなかった。池みたいなプールに、ウミガメがのんびり泳いでいる。

「大人一枚お願いします」

こういう施設での『おとないちまい』って、なんか口に出すと恥ずかしいような気がする。でもチケットを受け取って歩き出した瞬間、もっと恥ずかしいものに遭遇してしまった。

「こんにちは！　下田海中水族館にようこそ！　ささ、そこに立ってくださーい」

カメラを構えたお姉さんに、力の限り促されて断れない。立ちすくんでいると、ついでとばかりにイルカのぬいぐるみを手渡される。

「はいっ。じゃあイルカさんを持って、こっちを見てくださいねー。はい！　オッケーでーす！　おかえりの際は、パネルでお写真を探してみてくださいねー！」

……恥ずかしかった。

まあいい。こういう「ランド」的施設では当たり前のことだし。気を取り直して進もうと前を見たら、いきなり外に出るドアになった。

え？

通路が、いきなり水の上の橋みたいになっている。橋っていうか、浮いてる？

ぐらぐら揺れるわけじゃないけど、少し足元が心もとない。屋根があるから、橋というより渡り廊下に近い。頬に風が当たる。でも磯臭さはなく、爽《さわ》やかな空気だった。

こういう空気が吸いたかった。

近所の川じゃなく。都心から近い海じゃなく。漁港とかじゃなく。

なんかただ、広々として清潔なところを渡ってくる風。

そうか。僕は広々としたところに来たかったんだ。

通路を進むと、メインの施設っぽい「海中にある水族館」に着いた。見た目はUFOみたいな円形だけど、名前は『アクアドーム ペリー号』。ペリー推しにちょっと笑うけど、建物ではなく船なのだという説明に驚く。

期せずして、船にも乗れてしまったわけだ。嬉《うれ》しい。

回廊型の展示を見ながら下まで降りて、また上ろうとしたところでアナウンスが流れた。

『まもなく、ペリー号の横、ワンダーオーシャンにてイルカショーが開催されます！』

え。ここ？

慌てて回廊のスロープを上り、外に出てみた。すると、海に面したデッキに人が集まっている。なので近寄ってみると、その柵《さく》の下、海の上に簡単なステージが設置されていた。

近っ。

普通、イルカショーっていったら水族館の花形だし、大きなステージで野球の観覧席みたいなところでやるもんじゃないのか。なのにここは、二階のベランダから真下の道路を見てるくらいの距離感なんだけど。

「みなさーん、こんにちはー！」

トレーナーのお姉さんやお兄さんが、揃ってこっちに手を振る。なので反射的に振り返す。だって近すぎて、無視したらいけないような気がして。

「今日もお集まりいただきありがとうございます！」

実は、あんまりお集まってない。観客は僕を含めて七人。しかもその内わけがお年寄りのグループと中高年の男女。なのでなんかこう、見なきゃいけないって感じすらするわけで。

「今日もイルカたち、全力で頑張りますから、どうぞご声援お願いいたしますね！」

あ、はい。なんとなくうなずいてしまう。

「では、最初にご挨拶《あいさつ》～！」

アナウンスとともに、目の前の水面にイルカの影がすうっと浮かび上がってくる。と、次の瞬間。目の前にイルカがいた。


びっちびち。

イラストでよく見る「C」の形のまんまで、宙に浮いてる。

その情報を目が処理するかしないかの間に、イルカは派手な水しぶきを立てて海中に戻っていた。すごい。すごいすごい。でかいし、濡《ぬ》れてきらきらしてるし、なんかすごい。

「はい、頑張ったのでご褒美です！　よろしければ褒めてやってくださいね！」

アナウンスが終わる前に、思いっきり拍手した。他の人の視線が僕に集まる。またちょっと恥ずかしい。でも、拍手せずにはいられなかった。

だってだって、すごいじゃないか。

「次は、連続ジャンプ！」

ぱしゅっ、ぱしゅっと数頭のイルカが水面から打ち上げられるように出てくる。身体をひねり、回転し、光る水の粒をまき散らしながら、僕の目の前で交差する。生きている。ものすごく生きている。当たり前だけど、そのことに圧倒されていた。だってイルカたちが、楽しそうだから。

イルカが本当に楽しくてやっているかなんて、僕にはわからない。でも、水面から高く跳ね上がっているときの彼らは、すごく楽しそうに見えた。子供がスキップするように、ダンスバトルでテンションが上がるみたいに、そんな風に見えたんだ。

魚をもらって、ぱくりと飲み込む。トレーナーのお兄さんに嘴《くちばし》の先をよしよししてもらって、ぱしゃんと水の中に戻る。跳ねる。飛ぶ。回転する。飛び上がる。しぶきが、きらきら光ってる。

拍手の音が増えた。

いつしか、そこにいる全員がイルカに見入っている。

「ここからは、イルカとトレーナーのコンビネーションをお見せします！」

ウェットスーツを身につけたトレーナーが、ステージからざぶりと海に飛び込む。

そのすぐ下に、イルカの影が近づいてくる。

ざ、と音がした。トレーナーの体が、水面から出てくる。

ざざざざざん。イルカに体を押し上げられたトレーナーは、水面を滑るように移動する。こういう場面をテレビで見たことはあったけど、実際に見るとなんていうか、おとぎ話みたいですごかった。

最後にイルカの鼻先がトレーナーを空中高く持ち上げ、トレーナーは笑顔のまま宙を舞った。

「すごーい！」

子供のような歓声と拍手。ここにいるのは全員大人なのに、皆がワクワクした表情でその光景を見つめている。僕はそれを見て、なんだか今度こそ本当に泣きたくなった。というか、泣いた。ちょっとだけ。

目にゴミが入ったかな？　みたいな感じでごまかしたけど、この涙はなんだろう。悲しいわけじゃない。悔しいわけでもない。ただすごく——美しいものを見た気がした。

イルカが喜んで人間に飼われているわけなんてない。これは商業的なショーだ。そう自分に言い聞かせても、意味不明な感動は止まらなかった。

ていうかさあ、こんないいものを七人で見ちゃっていいわけ？　いくら平日だからって、この水族館の経営は大丈夫なの？　なんなら、イルカのご褒美代として寄付とかしていきたいんですけど？

そんなことを考えながら見ていると、トレーナーのお兄さんが巨大な釣竿《つりざお》のようなものを持ってきた。先端には、カラフルなボールがついている。お兄さんはそれをステージの端に据えると、両手を大きく振って上空を示した。

「それでは最後に、イルカたちの大ジャンプです！　うまくできたら、どうぞ大きな拍手をお願いしますね！」

さっきまでだって十分高く飛んでいたのに、それより高く飛べるのか。僕は驚いて、ポールの先端を見上げる。あれ、水面から五メートルくらいありそうなんだけど。

「はいっ！　それじゃあみんな、スタート！」

目の前の海面を、イルカの大きな影が音もなく通り過ぎる。助走みたいなものなんだろうけど、そのスピードに対して静けさがすごい。水の中ではもっと音が聞こえているのかもしれないけど、陸上の僕たちにとってそれは、ほぼ無音だ。

ただ、水から出るときの音がさっきとは違っていた。

軽い発射音のような「ぱしゅっ」ではなく、重たい「どしゅっ」。

そしてイルカは、空に舞った。


ボールを目指して、空中を駆け上るように身体をよじらせる。

嘴の先が、ボールに触れる。

ボールが弾んで揺れる。

それを確認すると、身体を楽にして落下のスピードに任せる。

水音。海に広がる大きなしぶきと波紋。

拍手。心からの拍手。


なんだこれは。なんだ僕は。

ただの水族館のイルカのショーだぞ。土日だったら家族連れとかでごちゃごちゃして、まあ見なくてもいいかって通り過ぎそうなあれだぞ。人生で何回か見たことあるし、なんなら品川あたりでも見られるから今回はね、みたいな感じの。

なのに、なんでこんな。なんでこんなに。

ふと周りを見ると、年配のグループは初めて歩いた孫を見るようなうるんだ視線でイルカを眺め、中高年の男女はそれぞれ僕みたいな勢いで強めの拍手をしていた。

きっと、ちょっと同じような気持ちを味わっているんだと思う。

姿の見えない閉塞感《へいそくかん》に、頭からずっとのしかかられている日々。どこにでも行ける体があるのに、どこにも行けない毎日。振り切って出かけることもできるけど、それでも罪悪感は拭《ぬぐ》えなくて、楽しいことも心から楽しめない。

そんな色々を、イルカの尻尾《しっぽ》が「ぱーん」と弾《はじ》き飛ばしてくれたような気がする。

来て良かった。僕は、下田の海を眺めながら、もう一度目に入ったゴミを取るフリをした。

イルカのショーで何かのスイッチが入ってしまったのか、そこからはもう子供のように全てのものが楽しかった。ペンギンが歩くのも、コツメカワウソが寝てるのも、アシカやオットセイのショーも、普段ならスルーしてしまいそうな地味な水槽の展示まで、本当に楽しかった。

＊

そしてふと、お腹が空《す》いていることに気づく。今は三時。そういえばサフィール踊り子の食堂車に行ったのは昼前だったし、食べたのは軽めのパスタだった。何か食べたいなと思っていると、ペンギン舎の近くにガラス張りのカフェテリアがあった。カフェテリアづいてるな。面白い。

中に入ってメニューを見上げると、ハンバーガーやポテトなんかのファストフード系らしい。ならポテトでもつまみながら海を眺めようかと思っていたら、見慣れない料理名が目に飛び込んできた。

『キンメコロッケ』

これはいい。どうやら下田は金目鯛が獲《と》れるみたいだし、それがコロッケになってるのはわかる。問題はその隣だ。

に？

『下田深海《しんかい》ザメバーガー』

下田でサメも獲れるんだろう。でも深海ってどんなやつ？　そしてそれをバーガー

ああ、適量のわからない感じがここにも。

僕は迷わず下田深海ザメバーガーを注文する。これこそが、旅の醍醐味《だいごみ》だ。知らないものに出会って、ワクワクドキドキする。感覚と知識が更新される感じ。だって数分後の僕はもう、深海ザメの味を知る男なんだぜ？

深海ザメってモンスターみたいな姿なんだろうか。目がないとか、触手があるとか。いやそこまでじゃないか。そんなことを考えながら待っていると、札番号が呼ばれた。プレートを受け取り、窓に面したカウンターに着いてまずは観察してみる。

見た目は、ただの魚フライだった。あまりにも普通っぽかったので、そのままかぶりつく。するとフライの部分に、予想外の抵抗を感じた。

なにこれ。肉っぽい。

断面を見ると、白い。でもよくある白身魚のフライとは、歯ごたえがまるっきり違う。ぎゅむぎゅむ歯を押し返して、ぶちっとちぎれる。これはあれだ。柔らかめのトンカツの歯ごたえに近い。なのにクセはなく、普通にうまい魚フライの味がした。

噛《か》んでいるときは肉っぽさ全開で、味は魚そのもの。なんか、脳が混乱する感じが

面白かった。

カフェテリアを出ると、またもやイルカショーのアナウンスがあった。次はこのすぐ近くのマリンスタジアムというところでやるらしい。そう広くない館内で、一体どれだけショーをやるんだ。しかも全部追加料金なし。その力加減、嫌いじゃない。ていうかもはや好き。

行ってみると、こちらは最初に僕がイメージしたような野球場っぽい座席のステージだった。まあ、名前もそのまんま「スタジアム」だし。

二回もイルカショーを見てどうなるものでもないだろう。なんて思ったりは——しなかった。見られるなら、何度でも見たかった。なので迷いなくガラガラのスタジアムの一番いい席に座った。すると開演間際になって、さっきの人たちも集まってくる。

中高年の女性に会釈されて、つい「さっきはどうも」なんて返してしまう。するとお年寄りのグループからも「やあさっきは」なんて挨拶《あいさつ》されてしまって。

なんていうか、連帯感？　七人が座席の中心部に固まって、わくわくした気分でイルカを待っている。

で、やっぱりいい。距離は少し遠くなったけど、プールの手前が透明な樹脂性だから、今度はイルカが水中を泳ぐ姿を見ることができる。

「あんな風にジャンプするんだねえ」

「勢いつけるときは、すごい速さだね」

お年寄りグループのつぶやきに、僕もうんうんとうなずく。水中のイルカは、まるで銀色の弾丸だ。目の前を、ひゅんっと飛ぶようにかすめていく。

そして二度目は、純粋に楽しめた。イルカそれぞれの個体の名前も覚えたし、飛ぶタイミングもわかってきたので、スマホでジャンプした瞬間を写すこともできた。

満足だった。

ものすごく満足だったので、順路の最後まで水族館を惜しむようにゆっくりと歩いた。ペンギン舎をもう一度のぞいて笑顔になり、アザラシのプールを見下ろしてのんびりした気分になる。そして湾内にぷかりと浮かぶ中央のペリー号を通り過ぎる。

そのとき、メールの着信音が響いた。

そういえば、スマホは使ってたけどSNSやメールをチェックしてなかったな。イルカプールの近くにあったベンチに腰を下ろしてメールを開くと、差出人は上司だった。

え。嫌な予感しかしない。

なんか郵便物に大事な書類とかあったっけ。そう思いながらメールを開くと、ごく簡単な文章が目に入った。

『ちょっと話したいことがあるので、手の空いた時に電話をください。五分で済みます』

　ええええ。今、電話したくないなあ。五分って言ってくれてるけど、この旅の気分を壊したくない。でもかけないのも悪いし。

　悩んだ末の、ポチー。

『あ、サトウ君？　直帰のところ悪いね。今いいかな』

「いえ、あ、大丈夫です」

『企画書見たよね』

「はい」

　もう昨日のことぐらい遠くにいってた事実が、急に引き寄せられた。はい、覚えてますよ。先輩の素晴らしい仕事は。

　助けを求めるように、穏やかな海に目を向ける。夕方を前に、最後の日差しに照らされた水面が、きらきらと輝いている。

『社内クラウドだと言いにくいし、文章だと伝わりにくいからここで言うけどさ』

　はい。ブラッシュアップの方法を学べ、ですよね。きっと。

『サトウ君の企画、すごくよかったからね』

　はい。よかったよかった。

「──え？」

『ああ、やっぱわかってなかったか。こういうの、やっぱり口で言わないといけないな』

「あの、それって」

『もちろん、彼女の仕事は完璧《かんぺき》だったよ。でもね、原案っていうのは誰でもすぐに思い浮かぶものじゃない。よく言うだろう。0から1を生み出すのが、一番大変だって』

聞いたことはある。でも。

『それなんだよ。元のアイデアから引き算して、すっきりさせることにもテクニックは必要なんだけど、それは学んでなんとかなる範疇《はんちゅう》のことでさ。でも、0から1は誰でもできることじゃない。サトウ君みたいに、熱量が高くて無駄な知識でぱんぱんになってるタイプが向いてるんだ』

「……無駄な知識でぱんぱん」

実際その通りだから、腹も立たない。

『でも、無駄な知識や「遊び」の部分がない企画なんて、そもそもつまらないんだよ。だからさ、まあ何が言いたいかっていうと──サトウ君は、もっと自信を持っていいよ』

「え」

『自信を持って、これからも盛りすぎな企画をしてほしい』

「あ、はい。じゃなくて、その――ありがとうございます！」

うん、と電話の向こうで声がした。

『にしても、コロナで困るのは、こういうとこだよね。伝えたいことが伝わるかどうか、こっちも自信がなくてさ』

「そうですね」

僕は電話なのにこくりとうなずく。小さな疑問や、その場にいればわかっていたであろうニュアンス。そういうものが、今は本当に伝わりにくい。

『就業時間外に悪かったね』

「いえ。あの――本当にありがとうございました」

『いやいや、こちらこそだよ』

じゃあまた。電話から聞こえる声に向かって、僕は頭を下げた。

＊

ホテルに通じる道は、すごい上り坂だった。

ここ、徒歩だときついな。タクシーのシートに背中を押し付けられながら、僕は前方を見上げる。少し、夕暮れが始まっていた。

「いらっしゃいませ」

ドアマンに声をかけられてエントランスに入ると、目の前はガラス張りのラウンジ。そこからは、茜色《あかねいろ》に染まる海や湾を見下ろすことができた。

とにかく眺望に一点張りのホテル。そういう印象だった。

散策できる庭もプールもあるけど、どっちも遊歩道の階段で崖《がけ》を降りていくしかない。その振り切り方、嫌いじゃないぞ。

夕食はおいしいフレンチのコースを一人で食べた。ちょっとキツい状況かなと思ったけど、閑散期だったので他にあまりお客さんがいなくて気にならなかった。というより、店側に喜ばれてしまった。デザートにサービスでアイスを載せてもらって、ほくほく気分でこぢんまりとした露天風呂《ぶろ》に向かう。

お湯に浸《つ》かって、空を見上げる。遮るもののない星空。頬に当たる風には、少しだけ山の気配が混じる。遠くに船の光。

「──来てよかった」

もう何度目かわからない感想をつぶやきながら、僕は眠りについた。

……本当に来てよかった‼

朝食のビュッフェで、僕はまたもや同じ言葉を噛《か》みしめる。期待以上だった。地元の干物、あら汁、地魚のお寿司《すし》、地物の海藻サラダ、下ろしたての生わさびに、掻《か》き立ての鰹節《かつおぶし》。ぱちぱちに新鮮な伊豆産の野菜。その上いちごのスイーツに、みかんをはじめとする種類豊富な柑橘類《かんきつるい》のデザートがこれでもかと並んでいて。

――控えめに言って最高です。

相変わらず適量がわからない僕は、お腹がぱんぱんになるまで食べまくってしまった。そしてそんなお腹を抱えたままホテルを後にし、伊豆急下田の駅へと向かう。もちろん、そのまま帰ったりなんかしない。目指すは、ロープウェイだ。

駅から徒歩一分のロープウェイ乗り場に行き、堂々と「おとないちまい」を告げる。そしてやってきたロープウェイを見て、驚いた。豪華列車のTHE ROYAL EXPRESSと同じデザインだ。いや、確かにロープウェイの車両って箱型だし小さな電車っぽくも見えるけど。

期せずして、THE ROYAL EXPRESSみたいなものにまで乗れてしまった。憧《あこが》れの水戸岡デザインに触れて嬉《うれ》しくなっていたら、あっという間に山頂に着いた。そして車両から降りて出口へ向かう通路に入ると、なんとここにも水戸岡デザインが溢《あふ》れていた。展望レストラン『THE ROYAL HOUSE』の内装も、丸ごと水戸岡鋭治の作品なのだという。
いやもう鉄オタ的に嬉しすぎるし、ゴージャスのてんこ盛り感がすごい。
あとで絶対に寄ろう。そう思って戸外に足を踏み出すと、いきなり視界がひらけた。
山頂とわかってはいたけど、何だこの開放感は。
空がぱかーん、からの眼下に海がばーん。あ、黒船形の遊覧船も見えるぞ。そして
さらに上へと向かう遊歩道の両脇には季節の花が咲き、鳥の声なんかもしてもう多幸
感がすごい。
展望台まで歩くと、景色はさらに開けた。遠くの伊豆七島《しちとう》が綺麗《きれい》に見える。そうか、
列車の中から見えたのはこれだったんだ。
それはそれとして、これはなんだろう。僕は展望台に建っている二頭身の像を見つ
める。
「『龍馬《りょうま》くん』……？」
多分だけど、坂本《さかもと》龍馬。思わず検索すると、坂本龍馬も下田に来ていたらしい。て
いうか、下田はペリー推しじゃなかったのか。
面白すぎる。なんでもよすぎる。でも、こういうのやっぱり嫌いじゃないぞ。
広い場所で、僕は思い切り腕を広げて深呼吸をする。

適量がわからなくてもいい。おいしかったら、いっぱい食べればいい。
バナナとワニでも、ペリーと龍馬でもなんでもいい。
疲れたら、好きなものを好きなだけ。

イルカはいるか？　僕は、下田にいるぞ。

情熱のパイナップルケーキ

松尾由美

松尾由美（まつお・ゆみ）

一九六〇年、石川県生まれ。会社勤務を経て作家になる。八九年『異次元カフェテラス』を刊行。九一年「バルーン・タウンの殺人」でハヤカワＳＦコンテストに入選。主な著書に「ニャン氏の事件簿」シリーズ、『おせっかい』『ピピネラ』『九月の恋と出会うまで』『嵐の湯へようこそ！』など。

物心ついた時から、くじ運のいいほうではなかった。

懸賞はいつもはずれ、福引きは参加賞ばかり。大きな賞品を当てたなんていう話は、「かっこいい彼氏がいる」などと同様、自分には縁のないこと——当時二十代なかばのわたしの認識はそんなところだったのだ。

だから、駅ビルの十周年記念の抽選会で、あの八角形のやつを一回だけ回すと赤い玉が転がり出て、

「おめでとうございます！　二等賞、旅行券十万円分！」

大声でそう言われた時は本当にびっくりした。

現金十万円のほうがよかったのに——とはちょっと思った。ぼうっとしながらひとり暮らしのアパートにたどりつき、お茶を飲んで落ち着いてから。

特に旅行が好きなわけでもないし、十万円あればいろいろなものが買える。服やアクセサリーでも、家電製品でも。

とはいえ迷っているあいだに生活費でどんどん減っていき、何に使ったかわからなくなってしまうかもしれない。わたしの性格と暮らしぶりからいって、それはじゅう

ぶんありそうなことだった。

やはり旅行券でよかった、そう思うことにする。この機会に、どこかへ旅行に行こう。

翌日、派遣先の会社で女子社員たちにその話をすると、「いいな」としきりにうらやましがられた。ちなみに当時のその職場で、派遣で働いているのはわたしひとり、ほかの人は全員正社員だった。

「どこへ行くの？」

「それを、今考えてるんです」

「友達か誰かといっしょに？」

そんなことは考えもしなかった。多くの人にとって「旅行」という言葉は、「いっしょに行く友達」とセットなのだと今さらのように思いつく。

わたしの顔つきからみんなにそのことがわかったのだろう。ちょっと気まずい空気が流れるが、

「ひとり旅もいいよね。同じお金なら、そのほうがいいところへ行けるし」

一番年上の吉田《よしだ》さんという人がそんなふうにフォローしてくれる。

「国内もいいけど、近いところなら海外もありよね。パッケージツアーだとかえって

安かったりするし」

　そう、前の晩、わたしも同じことを考えた。その時頭に浮かんだのが「台湾《たいわん》」という地名だったのだ。

　浮かんできた理由は、まず第一に、人気のある旅行先らしいということ。日本から手軽に行けて、女性受けする要素も多い。おいしい料理やお茶やスイーツ、かわいい雑貨など。気候は温暖で治安も良好、そんなイメージ。

　もうひとつは、台湾というのが、ふだんの仕事でなじみのある地名だったこと。派遣先の会社は海外に複数拠点があり、わたしのいた部署は「台湾オフィス」とつながりが深く、駐在員の男性が時たま帰国して顔を出していた。

　下村《しもむら》さんというその人はわたしより三、四歳上、噂ではいい大学を出ているらしく、見た目も悪くない。すごくいいというわけでもないけれど。

　足どりはリズミカル、笑顔が爽《さわ》やかで、登場するとその場が明るくなるような——という印象は、小脇に抱えている派手なピンクの袋のせいかもしれない。大きな箱に入った、お土産のパイナップルケーキだ。

　わたしはその会社に来るまで知らなかったけれど、台湾の有名なお菓子だそうで、ケーキといってもふわふわしたのではなくクッキーのような生地、中心にパイナップルのジャムが入っている。

一個一個が紙に包まれ、その紙にレトロなパイナップルの絵がついている。はじめて見た時は「かわいい」、すすめられて手に取った時は「意外に重い」。そして食べた感想は「おいしい」！

甘いけれど甘すぎず、そして香り高いパイナップルのジャムがバターのきいた生地とあいまって、これまでに食べたお菓子の中でもベストいくつかに入るおいしさ。

と、わたしは思ったのだが、いっしょに働く女子社員たちは、

「下村さん、いつもこれだよね」

「今度はオークラか、サニーヒルズのを買ってきてって言ったのに」

などなど。同じパイナップルケーキでも、人気の有名店がほかにあるらしい。

「ここのは安いのよ。たぶん半分くらいの値段」

「でも会社用ならそうなるよね。数がいるもの」

お土産のお菓子は箱のまま共有スペースに置かれ、欲しい人が持っていくスタイル。食べない人もいるとはいえ、やはりそれなりの数が必要になる。

何十個も入った大箱もいつの間にか空になり、パイナップルケーキの場合はそのスピードがやや速い気がする。何だかんだいっても人気なのだ。

「うちの現地スタッフは、ここのが一番おいしいって言うからね」

というのが下村さんの言葉だが、吉田さんの意見は「昔からあって食べ慣れてるってことでしょう」。

吉田さんお気に入りの店はもっと高級感のある味で、パッケージもお洒落《しゃれ》なのだという。

でもわたしは、下村さんの買ってきてくれる「李《り》製餅家」のパイナップルケーキをとてもおいしいと思う。ジャムの風味が、いかにもパイナップルらしいいっぽう、知っているのとどこかがちがう。香りが濃く、切ないような心をそそる味わいがある。とはいえ全体として素朴な味でもあり、もっと高級なバージョンを想像することもできる。

けれどもそれはそれとして、現地の人に愛されているというこの味がいいと思った。古くささとかわいらしさが同居しているような個包装の包み紙も好ましく、それを選ぶ下村さんのこともセンスがあると思っていた。

わたしの中の台湾のイメージ、行ってみたい場所として浮かぶようなイメージも、もしかしたら何割かは、このパイナップルケーキが形作ったのかもしれない。

行き先は台湾に決めた。わたしがそう言うと、吉田さんは「お金は払うから、ホテルオークラのパイナップルケーキを買ってきて」と言った。

部のみなさんへのお土産はどうしたらいいでしょう。わたしがたずねると、会社のお金で出張する人が持ってくればいいのであって、プライベートなら新婚旅行でもないかぎり必要ない、ましてあなたは派遣なんだし、とのこと。

三泊四日、木曜出発で日曜に帰ってくる日程を選ぶ。往復の飛行機とホテルだけ、あとは自由行動というシンプルなツアーだ。

勤め先には台湾に行ったことのある人も多く、おすすめの店や簡単な中国語（ニーハオとシェシェは知っていたが、そのほかに「トイプチ」とか）を教えてくれた。

申し込んだ時はずいぶん先のように思っていた旅行が、ばたばたと折りたたむように近づいて、直前になった火曜日のこと。部長が「井戸《いど》さん」とわたしを呼び、

「台湾に行くんだって？　出発はいつ？」

「あさってです」

「台北《タイペイ》だよね。朝の便？　着いた日は何か予定ある？」

「いえ、特に」

いくつかしようと思っていることはあるが、決まった予定なんてどの日にもありはしない。

「だったらうちのオフィスに寄ってくれないかな。このファイルを下村くんに渡してもらえると助かるんだけど」

これから送るより早いからね、といっても別に一刻を争うわけじゃないから、無理なら無理で全然かまわないんだよ。

ラコステという あだ名の部長が、ワニのような笑顔でそう言ったけれど、本当は行ってほしいのがまるわかりなので引き受けることにする。大した荷物でもないし、オフィスは市内の便利な場所にあるというし。

それに旅行中、ひとりくらい知っている人に会うのもいいだろう。


そういうわけで、木曜日。わたしは台湾へ向かう飛行機のシートにおさまり、スーツケースには部長から渡されたファイルが、リュックには吉田さんからのお金がそれぞれおさまっていた。

はじめて行く土地での二件のミッション——下村さんにファイルを渡す、オークラでパイナップルケーキを買う——に思いをはせ、自然な連想として、下村さんのパイナップルケーキのことを考えた。

下村さんのいつものお土産と、それをめぐる謎について。

もちろん謎といえば大げさで、ごくささやかなこと。

けれども気になり、そして気がついているのはたぶんわたしひとりだろう。派遣社員であるわたしの席は、みんなのいるところから少しはみ出し、お土産が置かれる共有スペースに一番近いからだ。

誰かが持ってきたお土産の箱は、蓋《ふた》を開けてそこに置かれ、部員たちが仕事のあいまに立ち寄ってひとつずつ取ってゆく。間をおいて何度か来る人もいるが、さすがに一度に何個も取っていくようなお行儀の悪いことはしない。

わたしが気づいたのは木元《きもと》くんとみんなから呼ばれる（一番年下なのだろうか）青年の行動、それも下村さんのパイナップルケーキの時にかぎってのもの。

ひょろりと細い体つき、ややぼさぼさした髪と小さな丸い眼鏡。若いのにどこか飄々《ひょうひょう》とした雰囲気の彼は、箱が置かれた少しあと、直後の人の流れが一段落したころにやってくる。

箱に手を伸ばし、ケーキをひとつ取る。それはいいとして、必ず一番下の段、かつ真ん中の一個を取っていく。

わたしがその会社のその席にすわっていて学んだことのひとつだが、箱に整然と並んだものを最初に取る人は、たいてい一番上の段か、左右どちらかの端（の上のほう）から取り、あとから来た人は基本的にすでに空いたスペースと接したのを取る。

もちろんこの原則にあてはまらない人もいるが、その時点で手つかずの一番下の段、しかも真ん中のをわざわざ取っていくなんてことはまずしない。

なのに木元くんは、必ずその一個を取るのだ。それもさっき言った通り、下村さんのパイナップルケーキの時だけ。ほかのお菓子の時は普通に上から取っていく。

いつもその取り方なら、癖かもしれない。一度や二度なら、たまたまかもしれない。けれどもパイナップルケーキの時は必ず、そしてほかの時には決して。

となると理由があるはずで、いったいどういうことなのだろう。

漠然と気になっていたことへ、移動中のつれづれに、集中的に思いをめぐらせた。

もしかしたらあのパイナップルケーキに、何か秘密があるのだろうか。

大箱の中の特定の一個、ほかの人は当分手を出さないとわかっているやつに。

それを木元くんが取っていくことが、下村さんとのあいだで打ち合わせずみになっているのでは？

たとえば、とわたしは考える。あの包み紙の中に、ケーキといっしょに何かがしのばせてあるとか。

あの店のパイナップルケーキならそれができる。一個ずつ袋に入っているのではなく、折り目のついた紙でキャラメルみたいにくるんであるだけ、一度開けても何もなかったように包み直すことができるから。

もしかしたらそのことこそ、下村さんのお土産がいつも同じ——別の店のをリクエストしてもとりあってもらえない理由なのかもしれない。

いい線かも、と思い、わくわくしながらつづきを考える。ケーキといっしょに入れるとしたら、薄いものだから手紙やメモ。

もしかしたらあの二人、下村さんと木元くんは実は恋人同士なのかもしれない。

三十手前の、いい大学を出てまあまあ二枚目の男性と、二十三、四のどこかつかみどころのない青年と。

ふだん台湾にいる下村さんが、ひさしぶりに会う木元くんに、一風変わった方法でメッセージを渡すのかもしれない。

みんなの目の前で、かつひそかに。そんなやり方にスリルを感じている？

わたしはひざを伸ばし（エコノミークラスの座席でできる範囲で）、自分の妄想にブレーキをかける。

もちろん妄想としかいいようのない話だった。たとえあの二人が恋人同士だとしても――そこからしてあまりありそうにないが――わざわざそんな面倒くさい方法でメッセージをやりとりするとは思えない。

だとしたら、と別の線を追求する。何かをしのばせるのではなく、中身を丸々、別のものと入れ替えるのは？

同じような大きさと形で、まったく別の何か。

その場合、下村さんと木元くんは恋人同士ではなく、ある種のビジネスを通じてつながっているのかもしれない。

法律で禁止されている品物——大麻樹脂とかそういうのを、下村さんが日本に持ち込む。パイナップルケーキに偽装し、大箱の中にひそませて。

空港ではパイナップルの香りが役に立つ。麻薬犬を幻惑するのだ。おかげで無事に持ち込んだそれを、会社で木元くんが回収、誰かに渡すなり売りさばくなりする。

いや、まさか。

海外から持ち込む時にお菓子の箱にまぎれこませるのは、まだしもありうる話だとして、勤め先に箱ごと持っていって同僚に回収させるなんていうのは——

ばかばかしくなって目をつぶり、シートの背に体をあずける。早起きしたせいだろう、そのまままうとうとしたらしい。

麻薬犬の夢を見た。垂れ耳のレトリーバーが、パイナップルケーキの箱のそばで一瞬だけ首をかしげ、『気のせいかな』という顔をして、そのまま通りすぎる。

着陸態勢に入るというアナウンスで目がさめ、あわててシートベルトを締めた。

窓の外が海の青から濃い緑、次にどこか懐かしいような家々の屋根に変わり、それがどんどん近づいてくると、車輪が音を立てて、わたしは台湾に着いたのだ。

「どうです、台北の第一印象は」

「そうですね。猫みたいなところだと思いました」

東京のオフィスの縮小版のような部屋で、下村さんと向かいあってすわっている。現地スタッフの鄧《テン》さん――下村さんと同年輩の男性がお茶をいれてくれていた。

「猫、ですか？」

「いえ、あの」わたしはあわてる。ぼんやり考えていたことで、口に出して言うつもりはなかった。

「うちのアパートの近くに野良猫がいて、全体的には三毛猫なんですけど、模様もあるんです。それも黒いところは斑点《はんてん》、茶色いところは縞《しま》みたいな、ちょっとややこしい――」

「パッチワーク状態ということですか」下村さんはうなずいて、

「そんなふうに言う人はたしかにいます。いろんな要素が混じっている。整然としたところと猥雑《わいざつ》なところ。都会的で現代的なところと、素朴で昔っぽいところ」

ツアーのバスが空港からホテルへ連れていってくれ、そのホテルからここまではグーグルマップによると徒歩二十分とのことだったので歩いてきた。

バスの窓ごしの景色と、その二十分のあいだに目や耳に届いたものだけからも、下村さんがさっき言ったようなことは感じ取れた。

新旧入り混じった（だいたいは古いのだが）建物と、たくさんの車、もっとたくさんのバイク。商業施設の並ぶ大通りのすぐ裏に、路地に丸椅子をはみ出させたほとんど屋台のような店があり、大勢の人が飲み食いしていたり。

飲食店に関しては、たとえば東京にも似たような場所はあるかもしれない。けれどももっとあけっぴろげな感じ——気取らないというか、熱量が高いというか。

「まあそれも魅力というか、観光するにはいいところですよ。予定はどんな感じなんですか」

「明日《あした》は街歩き、あさってはちょっと遠出をしようかと」

「というと、基隆《キールン》とか、九份《チウフェン》とか？」

どちらもガイドブックに出ていた、おすすめの小旅行の行き先。基隆は港町、九份は映画の舞台にもなった坂の多い町だ。

「それもいいですけど、北投《ペイトウ》温泉ってありますよね。そこへ行ってみようかなと思って」

「温泉が好きなんですか？」

「いえ、特にそういうわけでもないですが、公園みたいなところに露天温泉があるそうで——」

水着で入る露天温泉。ガイドブックには載っていなかったけれど、行った人のレポートをネットで見た。写真を見ると何ともいえずのんびりした雰囲気があり、行ってみたいと思って、そのために水着も用意してきていた。

「露天温泉ですか。あの公園の」下村さんはちょっと微妙な表情でくり返し、「まあ、面白いかもしれませんね、それも」

特にすすめはしないが、だからといって反対もしない。そんな調子で言ってから、

「ああ、そうだ」ふと思いついたように、「あさって、つまり土曜日、北投温泉へ行くとして、夜はこのへんに戻ってきますよね」

「はい」

「夕食はどこでとか決めていますか？」

「いいえ」

「だったら、いっしょにどうですか。ぼくと、鄧さんと、あともうひとりの人と。その人は日本人で、やっぱり企業の駐在員なんですが、今度帰国することになったので、その前に食事しようと。

それが土曜日なんですけど、よければ井戸さんもぜひ。おいしい店ですよ。北京ダックが名物だから、本当なら四人はいたほうがいいし」

「でも、お邪魔じゃないですか？　わたしがいきなり――」

「大丈夫です、井戸さんが来てくれれば女性二人になって、彼女も喜ぶでしょう」

「あの、もちろんわたしのほうは、誘っていただいてありがたいのですが」

わたしはそう言い、半分は嘘で、半分本当だった。

決して社交的とはいえない――緊張からつい変なことを言い、相手をけげんな顔にさせてしまうわたしにとって、顔見知り程度の下村さんとさっき会ったばかりの鄧さん、さらにまったく知らない女性と食事のテーブルを囲むというのはかなりハードルが高い。

けれどもこれから何度もひとりで食事をすることになり、楽しみないっぽうで不安もある。うまく注文できるだろうか、こちらの基準で非常識なことをしてしまわないか、などなど。なるべく簡単にすみそうな、気軽なところへ行くつもりだけれど。

現地在住の人にちゃんとしたレストランへ連れていってもらい、北京ダックを食べる。そんな提案に、あらがいがたい魅力があるのも事実だったのだ。

「でも」とわたし、「それって、いわば送別会みたいなものですよね」

帰国する、とさっき言っていたが、一時帰国ではなく日本に帰ってしまうという意味に聞こえた。

「そうですね、そんな感じです」

「だったら、その主役の方の意見を尊重したいです。わたしがいてもかまわないかどうか」

「大丈夫ですよ」かたわらを向き、「ねえ、鄧さん？　諏訪野《すわの》さんは気にしないよね？」

いまいに応じ、

「はあ」濃い眉《まゆ》をいつもひそめているように見える鄧さんが、書類から顔を上げてあ

「本人に確認しておきます」下村さんは請け合って、「それじゃ明日の夜、ホテルに電話しますね。くわしいことはその時に」

翌日、金曜日は、下村さんに言った通り台北の街を歩き回った。

赤レンガの古い建物が並び、独特の薬くさいにおいのする迪化街《てきかがい》、車の修理工場のあいだにカフェや雑貨店が点在する赤峰街。そこと背中合わせのような、デパートやブランドショップのたたずまいも華やかな中山地区。

ゴージャスなシャンデリアのあるホテルオークラでパイナップルケーキを買って、吉田さんからのミッション完了。

下村さん愛用の李製餅家もそこから遠くないところにあるとわかって足を延ばす。道の角にある、店というより「売店」と呼びたくなるようなところで、何度か気づかず通りすぎたあと、一番小さい箱を自分用に買った。

いったん宿泊先のホテルに戻ると、二種類のパイナップルケーキやそれまでに買った雑貨（かわいい絵のついたコップ、きれいな色の布のポーチなど）を部屋に置き、身軽になってふたたび出発。

台北一〇一の展望台では足がすくみ、国父紀念館では衛兵交代の時間に行きあわせて、ひとたび位置につくと微動だにしない衛兵の姿に驚いた。さっき歩くところを見ていなければ、人形かと思ってしまうくらい。

移動はMRTと呼ばれる電車で、東京の地下鉄のように色分けされた路線図も、駅の乗り換え案内もわかりやすい。「悠遊卡《ヨウヨウカー》」というカードを買えば切符もいらない。

合間にカフェや茶芸館、公園のベンチなどでお茶とスイーツ。豆乳でつくった豆花《トウファ》、サンザシのゼリー、パパイヤミルクなど。マンゴーかき氷も食べてみたかったが、二人で分けてちょうどいいくらいのサイズに見えて断念した。

スイーツ以外では、お粥《かゆ》、麵線《めんせん》、胡椒餅《こしょうもち》、魚団子のスープにチキンカツ。手軽な店や屋台でちょっとしたものをあれこれ食べ、どれもおいしかった。値段のわりに、というより普通に。

屋台で売っている一見巨大なチキンカツは、薄くのばしてあるので意外とあっさり食べられることが判明した。

お腹はいっぱい、足も疲れて、最後に帰る時はタクシー。ホテルの英語名は通じなかったものの、漢字の名前を手帳に書いて、無事送り届けてもらう。

お風呂《ふろ》に入り、ベッドにうつぶせになっていると電話が鳴る。下村さんからで、「了解とれましたので、明日よろしく」とのこと。諏訪野さんという駐在員の女性が、わたしがいっしょでもかまわないと言ったらしい。

店の名前と場所を聞き、ひとりで来られますか、大丈夫です、などとやりとりして、通話を終えた。

次の朝、ベッドから出るとカーテンを細く開け、外をのぞいて、やはり北投温泉に行くことに決めた。

オフィスで話した時の下村さんの態度は「ずいぶん物好きだな」とでも言いたげだったので、やめて別の場所にしようかとも考えた。けれども薄く曇ってほの明るい、雨を降らせる気も陽射しを注いでくる気もないような空を見て、これは温泉日和だと思ったのだ。

リュックに水着とタオルを入れ、MRTの淡水線——路線図では赤で表示される——に乗って北に向かう。

そそこに混んだ電車に白髪頭のおばあさんが乗ってくると、すわっていたおじさんが立ち上がって席を譲る。

それだけなら日本でもよくある光景だが、東京あたりのように「どうぞ」とひとこと言って立ち去るのとはちがい、おばあさんの肩を叩《たた》きながら笑顔で何か言う。おばあさんのほうも笑顔で応じ、双方ともに大きな動作と声で、ひとしきり会話がつづいたりする。

『どうぞ、すわって』『あら、悪いわ』『何をおっしゃる、人生の先輩じゃないですか』とでも言っているのだろうか。

台湾の人は、こんなふうに、気持ちの表現がストレートだ。

親切な時は、とても親切。でも喧嘩《けんか》する時などは大変なのかもしれない。血の気が多い、というのだろうか。情熱的というか。

などと考えているうちに、窓の景色が郊外っぽくなり、電車はしだいにすいてきてわたしも隅の席にすわる。

しばらく乗って「北投」で降りる。目的地は「新北投」で、ここで支線に乗り換えるのだ。

支線のホーム沿いの壁にはお風呂をテーマにした装飾（露天風呂のジオラマと、入浴している棒人間など）があり、非日常をひしひしと感じながら電車を待つ。

やってきた電車の車体にもほのぼのしたイラストが描かれ、車内には風呂桶《おけ》の形をしたオブジェまで！　液晶画面がついていて、ボタンを押すと観光案内が表示されるらしい。

新北投で降り、日帰り入浴もできるという立派な温泉ホテルを横目に、公園をめざして歩く。

さらに歩いて露天温泉の入り口にたどりつき、日本円で百円ちょっとのチケットを買って、中に入ると——

目の前にひろがる風景は、何というか、別天地だった。

あたり一帯は小高い丘で、てっぺんに瓦《かわら》の載った白い塀が亜熱帯らしい濃い緑の森をさえぎり、その中に段々畑のように岩風呂がしつらえられている。水着姿の人々——ほとんど現地のおじさんおばさんたちが、お湯に浸《つ》かったり、石畳の上を歩き回ったり。

写真ではすでに見た光景、のどかといえばのどかだが、実際そこへ入っていくとなると若干の気後れはあった。とはいうものの、やるしかない。ひなびた海水浴場にあるようなシャワー室（水だけ）で水着に着替える。

景色のいい上のほうに入ろうと思ったら、中にいたおじいさんがわたしの顔を見て、おだやかな警告めく言葉を発した。

『ここは熱いよ』と言っているのだと何となくわかる。おじいさんは平気な顔をしているものの、肌がすっかりピンクに染まっていた。

お湯にさわってみるとものすごく熱く、わたしが「ほんとだ、熱い」と言うと、おじいさんは『そうだろう』と（たぶん）言って笑う。わたしも笑う。言葉は通じないのに。

源泉の熱いお湯が上に流れこみ、下まで届くうちにぬるくなる、どうもそんなしくみらしい。

おとなしく一番下のところへ行く。そこでもじゅうぶん熱いけれど、入れないというほどではない。

水着の上にサファリハットをかぶったおばさんがやはり笑顔で話しかけてくる。日本人か、とたずねているらしい。「リーベン」と聞こえ、それが日本のことだと教わっていたから。

はい、は何というんだっけ。たしか「シー」だ。

「シー、リーベン。シー」

わたしが言うと、おばさんはさらに何か言う。日本に旅行したことがあるとか、子供が日本のアニメが好きとか、そんな感じだろうか。

ひと言もわからないまま、うなずいていると、おばさんも満足したようにうなずいて、「会話」は円満に終了。

お湯から出たり、また入ったりしながら、あらためてまわりを観察する。下村さんはああ言ったけれど、日本人観光客らしい人もちらほらいる。たいてい男女のカップルで、ここならいっしょに入ることができて楽しいのだろう。

とはいえほとんどは現地のおじさんおばさん、しばしば日よけの帽子をかぶり、水筒を肩からさげた人もいる。水分補給をしながら、かなりゆっくり過ごすのだろうか。いいところだな、とわたしは思う。段々畑のような岩風呂で、丘の上の曇り空をながめながら。

昨日はガイドブックに出ているようなところをまわり、もちろんそれも楽しかった。古い街並みに心をひかれ、スイーツも小吃《シャオチー》（軽食）もおいしく、雑貨店では「できることならこの棚の端から端までほしい」と思った。

けれどもどこかに少しだけ——「いわゆる女性の好きなことをしないと」という意識も、ほんの少しだけあったのだ。

わたしはいつも、どこか少し、まわりから浮いているから。

今の職場でもそうだが、わたしだけ派遣社員という立場のせいではないとわかっていた。派遣でももっと溶け込む人はいるだろうし、わたしが正社員だったとしても、きっと同じように浮いていただろう。

溶け込むための努力をするべき——いかにもみんなの好きそうなことをし、それを話題にすべきなのではないか。そんな気持ちはいつもあった。

いっぽうこの露天温泉には、わたし自身が来たいと思い、来てみてよかったと思っていた。

でも、とふと思う。この場所が好きというより、ここが人を選ぶ行き先だからこそ、そういう「ちょっと変わった場所を楽しむ自分」をかっこいいと思っているだけではないだろうか。

もしそうならいやだと思い、しばらく自分の胸のうちをさぐった結果、たぶんちがうだろうという結論に達する。

ただ普通に、ここでこうしているのが楽しい。

とはいうものの、油断しているとのぼせてしまいそう。わたしはお湯から出て、水のシャワーで体を冷やした。


そして、その日の夕食会は、最初から様子がおかしかった。

早く着くつもりが道に迷ってぎりぎりになり、わたしが到着した時はほかの三人がテーブルについていた。けれども話がはずんでいるふうもなく、それぞれ窓の外やほかのテーブルをながめている。

はじめて会う女性、通信社勤務という諏訪野さんは、名前を聞いた時から「スワン」に響きが似ているなと思っていたのだが、実際に白鳥みたいに上品できれいな三十くらいの人だった。

肩までの髪にウェーブがかかり、紺地に花柄のブラウスがよく似合う。帰国を控えて忙しいのか、少しやつれた感じにも見える。

下村さんがわたしを紹介し、「うちの本社で働いてる人」と言った。「派遣で」とつけくわえようかと思ったけれど、諏訪野さんにはどうでもいい話かもしれないのでやめておく。

旅行で来たんですか。はい。ついでに下村さんに資料を届けてと部長に言われて。なるほど、そうなんですね。

あちこち観光したんですか。ええ――とわたしが言いかけたところへ、下村さんがかぶせるように、

「それで、今日は北投温泉へ行ったんですか」

「はい。露天温泉に入ってきました」

「本当に入ったんですか？」

地元の人ばかりでしょう、いや観光客もそれなりに、などなど。

「日本人もけっこう行くようですが、女性ひとりは珍しいんじゃないでしょうか」と諏訪野さん。そうかもしれない。

「あのお湯はたいへん体にいいです」と鄧さん。「ラドンがたくさん入っています」

北投石《ほくとうせき》という言葉があるくらい、日本では秋田県の玉川《たまがわ》温泉に――などと雑談がつづく中で、気がついたのは、下村さんが諏訪野さんと目を合わせないようにしているということ。

いや、そんなことはなく、わたしの気のせいかもしれないが——

　名物の北京ダックが焼きあがるまでのあいだ、ビールを飲みながら、前菜やほかの料理を食べる。

「おいしいでしょう？　ここの料理」

　たしかにどれもおいしかった。わたしが特に気に入ったのは、ラム肉を野菜といっしょに柔らかく煮込んだもの。

「これ、すごくおいしいです。羊っぽくなくて——」

「それはほめていません」鄧さんがわたしをたしなめる。「正しくは、羊っぽくて、おいしい」

「あっ、たしかにそうですね」

　わたしは反省し、羊に失礼ですよね、と言いかけて直前でやめる。「ちょっと変わったことを言うわたし」というアピールみたいに聞こえる気もしたので。

「諏訪野さんは北京ダックが大好物なんですよ」と下村さん。「そうですよね？」

　最初にわたしを紹介した時以来ほぼはじめて、諏訪野さんに直接話しかけ、

「嫌いな人なんて、いるかしら」諏訪野さんがいくぶんぎこちなく応じる。

「そうなると人数が多いほうがいいから、井戸さんにも来てもらおうと思って」下村さんの口調はいくぶん言い訳めき、

「そうでしょうね」応じる諏訪野さんは、この時ははっきり表情が硬かった。

これは、もしかすると——

その時、店員の女性が、つやつやと焼きあがった丸ごと一羽のダックをお皿に載せ、わたしたちのテーブルに近づいてくる。

が、下村さんに向かって何かひとこと言うと、お皿を持ったまま くるりときびすを返し、厨房《ちゅうぼう》のほうへ引き返してしまう。

「えっ?」とわたし、「どういうこと? 今なんて言ったんですか?」

「切り分ける前に見せにきたの」諏訪野さんがわたしに説明する。「言ったのは、あなたの鴨よ、って——」

そう口にしたとたん、諏訪野さんは口を一文字に結び、たまりかねたように席を立ってどこかへ行ってしまった。

「どこへ——」

「洗面所でしょう」鄧さんが言って、下村さんの顔を見る。濃い眉《まゆ》をいつも以上にひそめ、はっきりととがめる視線だった。

わたしも席を立ち、諏訪野さんのあとを追う。諏訪野さんが心配というより、テーブルに残っていたくなかっただけかもしれない。

洗面所のドアを押して入ると、鏡の前で諏訪野さんが泣いていた。

わたしのせいだ、と思う。わたしがさっきの言葉を日本語に通訳してもらわなければ、諏訪野さんがこんなに泣くこともなかった。

そう思ういっぽうで、本当に悪いのが下村さんなのもよくわかっていた。

「わたしが日本に帰る前に、せめてもう一度食事をしましょうって言ったの」

諏訪野さんはふり返らないまま、鏡の中のわたしに向かって言う。

「だけどあの人、二人で会うのが気まずいから、何のかんのと理由をつけて鄧さんも呼ぶことにして、それでも足りなくて――」

もちろん、二人は恋人同士だったのだろう。そして別れたか、別れるところなのだろう。

恋人同士のことは本人たちにしかわからず、どちらが悪いなんて簡単に言えるものじゃない。そのくらいのことはわたしにもわかっていた。

だとしても、どういういきさつだったとしても、最後に二人で食事をしようという願いすら聞いてあげないのはあまりにひどいと思う。

「あの人は、冷たい人よ」

「そうなんですね」

「しかも、嘘つきなの」

諏訪野さんはまた泣きはじめ、わたしはどうしていいかわからなかったが、とりあえず手を伸ばし、諏訪野さんの背中をぎこちなくさすった。

紺色のブラウスの手ざわりはなめらかで、本物の絹なのかもしれなかった。しばらく二人でそうしていると、

「あなたは、やさしいのね」

諏訪野さんがそう言い、そうじゃないとわたしは思う。本当にやさしい人というのは、こういう時、理屈ぬきに諏訪野さんを抱きしめるような人にちがいない。

「わからないのは」と諏訪野さん、「あの人が、あなたを巻き込んだこと」

「巻き込んだ？」

「わたしのことをプライドが高くて冷静な女と思っていただろうけど、それでも取り乱すかもしれないくらい想像がついたでしょう。会社の人に見られたら自分が困るじゃない」

「わたしが派遣社員だからじゃないでしょうか。社員の人たちに今ひとつ溶け込んでいないのも、見てわかったかもしれないし」

「ああ、そうなの」

諏訪野さんはうなずいてさらに泣くが、少したつとさすがに嗚咽《おえつ》のペースが落ちる。

わたしも背中をさするのをやめ、そうすると手持ちぶさたになって、

「諏訪野さんって、素敵な名前ですね。白鳥みたいで」

最初に思ったことを言うと、諏訪野さんは心底意外そうに目を見開き、鏡にうつるわたしの顔をまじまじと見つめた。

「面白い人ね」

ちょっと笑ってから鼻をすすり、レースのついたハンカチで涙をぬぐって、

「あのね」

「はい」

「あの人は嘘つきだけど、わたしが北京ダックを大好きというのは本当なの。ただ人数を増やす口実だけじゃなく」

鏡の中の自分、やつれたようにも、かえって美しくも見える顔をながめ、バッグからコンパクトを出しながらそう言った。

「だから、これから思い切り食べることにする」目のまわりと顔全体にパウダーをはたき、それだけで口紅はつけず、

「何しろ東京では高くてめったに食べられないから。あなたもつきあってね」

そこで二人で席に戻ると、待っていたように、切り分けられた北京ダックが到着した。

北京ダックといえばわたしのイメージは薄くそいだ皮、そこに甜麵醬《テンメンジャン》をつけ白髪葱《ねぎ》を載せてクレープのような餅で巻くというもの。もちろんそのセットも出てきたけれ

ど、肉も大皿の上にもとの鳥の形に並べて供された。

諏訪野さんがわたしに餅の巻き方、さらに甜麵醬の塗り方や葱の適切な量まで教えてくれ、わたしはその言葉に従う。

そして食べる。おいしかった。諏訪野さんはしきりに「おいしいでしょう?」とたずね、わたしは何度もうなずいた。

はじめて会った、たぶんこの先会うことのない年上の女性と、まるで親友のように北京ダックを食べ、ビールや紹興酒を飲んだ。

諏訪野さんがさっき化粧を直したのに、口紅をつけなかった理由がわかった。意味がない。そんなことをしてもしかたがないのだ。

香ばしい脂のにじむ皮、ほろほろとした肉、あっさりと澄んだスープ。

お腹いっぱい食べ、そして飲み、帰ろうとした店の戸口で、すっかり存在感の薄くなっていた下村さんが店員に何か言う。

預けてあったらしい荷物を店員が持ってくる。大きなピンクの袋、赤い文字で「李製餅家」と書いてある——

「荷物になるけど、会社に持っていって」とわたしに、「そうすれば、井戸さんが別にお土産を買わなくてすむでしょう」

「でも」

お土産なんて必要ないと吉田さんに言われていたのに。わたしが口ごもると、

「何言ってるの、今ごろになって」諏訪野さんが大声を出す。酔ったのか、だいぶ目がすわっている。

「井戸さんは明日帰るんだから、お土産がいると思うならもう用意してるんじゃないの。いらないと思ってるなら、ただ荷物になるだけ」

「必要ないと言われました」とわたし。「出張じゃないし、派遣社員だからって」

「ほら。ただのあなたの自己満足、点数稼ぎじゃないの。ばかみたい。身勝手で、おまけに偽善者」

上品な諏訪野さんがこんなふうに人をののしったことはおそらくないだろう。下村さんは目を白黒させ、たぶん気がついていなかったと思うが、かたわらでは鄧さんがこっそり拍手していたのだ。

「そんなことで荷物が増えるなんてかわいそう」わたしのほうを向いて、「井戸さん、どうする？　持ってなんかいかなくたっていいのよ」

「持っていきます」わたしは言った。「下村さんが偽善者だとしても、パイナップルケーキに罪はないし――」

わたしも酔っているらしく、好き勝手なことを口にする。

「たしかに、それはそうよね」諏訪野さんがうなずいて言い、

「それに、ここの店のはおいしいし」とわたし。

「そう、そう」と鄧さん。

「それに、下村さんのお土産を待っている人もいるから」

わたしは言う。考えていたのは木元くん——小さな丸い眼鏡をかけ、飄々《ひょうひょう》とつかみどころのないあの青年のことだった。


ホテルに帰ると、わたしは下村さんのお土産の箱をピンクの袋から出してベッドの上に置いた。

自分用に買ったのも持ってきて、大小二つのパイナップルケーキの箱を並べる。

両方を開け、下村さんの箱から、一番下の真ん中と、念のためその両隣のを取り出してテーブルに置く。

自分用の箱から三個取り出し、大箱の空いたところを埋める。

箱の蓋《ふた》を閉め、テーブルに置いた三個を手にとり、パイナップルの絵のついた包み紙をひとつひとつ開けてみた。

けれども、何もない。

どのひとつにも、いっしょに入っているものもなければ、ケーキ自体に変わったところもない。

見た目も、重さも、香りも。

いつもと何ひとつ変わらない、普通のパイナップルケーキが入っているだけだったのだ。


「うかつでした。井戸さんに見られていたとは」

木元くんが言った。会社の目の前の公園で、わたしと並んでベンチにすわって。

月曜の朝、わたしが置いたパイナップルケーキの箱——「下村さんからです」と言って置いた箱に、木元くんはいつものように近づき、いつものように手を伸ばした。そこでふと目を上げ、わたしの視線に気づいて、『ああ』という顔をした。その時はそれだけだったが、昼休み、わたしがお弁当を食べ終えたところへやってくると、ごく自然に隣に腰をおろした。

そして、顔も体も正面の花壇のほうへ向けたまま、さっきのせりふを言ったのだ。

「あの——」

「遠慮せずに訊《き》いていいですよ」

木元くんはあいかわらず正面を向いたまま、

「どうして一番下の真ん中のを取るのか。わざわざ、それも下村さんのパイナップルケーキの時にかぎって」

「どうしてなんですか？」

木元くんの言葉に甘えて、わたしは遠慮せずにたずね、

「もちろん」木元くんはこともなげに、「そこが一番、下村さんの手に近いからです」

「えっ？」

「あの箱、下村さんはいつも抱えてきますよね。袋には取っ手がついているけど、あれだけ大きいと、下げて歩いたらあちこちぶつかりそうになるから」

オレンジ色のチューリップに話すように、木元くんはそう言うのだった。

「そして抱える時は、一番下を手で支える。だから下の段の真ん中のケーキは、下村さんのてのひらのすぐ下、温《ぬく》もりが伝わるところにずっとあることになるんです。お店で買って、飛行機に乗って、会社まで持ってくる。あの弾むような足取りで歩いてくるあいだずっと」

「だから——」

「そう」

木元くんは短く言い、前を横切った蝶《ちょう》に向かってうなずくと、

「ぼくが入社した時には、下村さんはもう台湾に赴任していたから、いっしょに何かをしたことも、長く話したこともありません。

ほんの時たま、こっちへ出張してきた時に会って、ちょっとあいさつするくらい。

それでも」

どうやら、台湾へ向かう飛行機の中でわたしが想像したことは、ごく一部だけ当たっていたらしい。

下村さんと木元くんが恋人同士だったら――などと無責任に考えたのだった。けれどもそうではなく、

「ぼくのほうは、素敵な人だと思っていて、あの人のことが好きだから」

好き。その言葉を、木元くんはまっすぐ前を向いて口にした。

言葉にして言ったのは、おそらくはじめてなのだろう。木元くん自身が、何かが堰《せき》を切って流れる音を聞いているような、その音がわたしにまで聞こえるような気がした。

「でも」わたしは言わずにいられない、「下村さんは、冷たい人だよ」

「そうでしょうね」そんなことはわかっているという調子。

「台湾で会った人が言ってた。あの人は冷たい人だって――」

しかも嘘つきで、身勝手で、偽善者だと。

公園のベンチで、わたしはそこまで言わなかった。言いたくなかったのかもしれない。

わたし自身が、下村さんのことを素敵な人だと思っていたから。

好きだった、かもしれない。たぶん、ちょっとだけ。

台湾に行くまではそう思っていた。台湾でも、最初にオフィスで会った時は。

でも、もう一度会った時には、すっかり変わって見えた。あのレストランの北京ダック、二度目に見た時はばらばらになっていた鳥のように。

「たとえ冷たい人でも」木元くんは言う、「ぼくは下村さんのことが好きで、そのことは変わらないと思います」

「そう」

「たぶん、しばらくは。その先はわからないけれど」

「うん」

「だからといって、何かをするつもりもありません。たとえば打ち明けるとか。それがいいことだとは思わないから」

ここまで木元くんの話を聞いて、わたしも言っておかなければと思った。

「あのね」

「はい」

「わたしも下村さんのことが気になってた。好きだったのかもしれない。でもほんのちょっとだけ、その証拠に、今はたぶん好きじゃない」

下村さんの冷たいところや身勝手なところを実際に見たから——もあるのかもしれ

ないが、それだけでなく、やはりもともとの気持ちがちがうのだろう。

「木元くんのこと——パイナップルケーキを取る時のことに気がついたのは、たぶんそのせいだと思う。わたし自身が、下村さんのことをちょっと好きだったから」

わたしは自分の言葉をかみしめるように言う。

誰かを好きになるのは、きっといいことにちがいない。たぶんそうだろう。

相手に打ち明けるのが必ずしもいいことだとはかぎらないが、自分自身にさえそのことを認めない——まったく気づかないか、そんなふりをするなんていうのは、ただ不誠実なだけという気がする。

台北の電車の中や、北投温泉で感じた何か、人の温かみのようなものがわたしには欠けているのだと思った。そしてずいぶん感じはちがうものの、今現在、かたわらにすわる木元くんのまっすぐな声音にもそれはあった。

そしてあのパイナップルケーキの、これまでに知っているパイナップル味とはちがう何か、心をそそる何かというのがそれによく似ているのだ。郷愁のような憧《あこが》れのような。

そう、情熱。黄金色のジャムに、その言葉がぴったりくる。

「井戸さんがそう言うのを聞いて、どっちかといえばうれしいです」木元くんははじめてわたしのほうを向き、

「ぼくの話を聞いてくれたことも。だけど」

「だけど？」

「今言ったことは、ほかの人に話さないでくださいね」

「大丈夫」とわたし、「わたしは溶け込んでいないから」

「だと思いました」木元くんはくすっと笑って立ち上がり、「それじゃ」

花壇に花が咲き、蝶が飛びかう都会の公園のベンチで、わたしはしばらくうしろ姿を見送った。


その時から、もう何年もたつ。

その会社でのわたしの契約期間は終了し、別の派遣先に移り、そこで二年働いたあと誘われて正社員になった。

驚いたことに恋人もできたけれど、相手は仕事が忙しく、昼夜逆転のことも多く、そんなこんなであまり会えない。

たまには休みをとって旅行でも——などと言っていた矢先に、そんなことも言えない世の中になってしまった。

台湾にもしばらく行けそうにないが、スーパーや果物店で台湾産のパイナップルを見かけるようになった。ひとり暮らしに一個は多いかなと思ったけれど、荷物に余裕のあった時に買い求める。

芯《しん》まで食べられるというそれは包丁が入りやすく、切ったそばから果汁がしたたるほどにみずみずしく、狭い台所いっぱいに香りが立ちこめた。

食べてみるとたしかに芯まで柔らかく、舌ざわりが細やかで、そして甘かった。

食べきれない残りは冷凍し、少しずつスムージーに使ったりしていたが、ある時ふと思い立ってレシピを検索した。

見つけたのはパウンドケーキ、小さく切ったパイナップルを砂糖と煮詰め、バター多めの生地に混ぜて焼く。

ジャムを作っている時から、これ、とわくわくした。この香り。心を揺さぶる切なさみたいなもの。

できあがったのは表面の少し焦げたパウンドケーキ、あのパイナップルケーキとは全然似ていないけれど、味の中心に同じものがたしかにあった。

わたしに欠けていた、今もじゅうぶんではないのかもしれない何か、そう、情熱の味がしたのだ。

遠くの縁側

近藤史恵

近藤史恵（こんどう・ふみえ）

一九六九年、大阪府生まれ。九三年『凍える島』で第四回鮎川哲也賞を受賞して作家デビュー。二〇〇八年『サクリファイス』で第十回大藪春彦賞を受賞。主な著書に『みかんとひよどり』『シャルロットの憂鬱』『マカロンはマカロン』『ときどき旅に出るカフェ』『インフルエンス』『歌舞伎座の怪紳士』など。

どうやってホテルに帰ってきたのか、ほとんど覚えていない。

ただ、ホテルの部屋に帰って、ちょっと泣いた。

この仕事だけは、失敗したくなかった。何ヶ月も前から準備をしてきたアムステルダムでのヨーロッパ向けの見本市だった。ランジェリーの本場で、うちみたいに大手メーカーではない日本製の下着が、どれだけ戦えるのかはわからない。だが、何年もかけて、少しずつ販路を増やしてきたのだ。わたしに担当が代わってから、ひとつも新しい契約をまとめられないなんてことにはなりたくなかった。

いや、仕事自体をしくじったわけではない。これまで取引があったところからも注文をいくつももらったし、新しい取引先との話も、進めることができた。

一週間続いた見本市が終わりに近づいていて、わたしの気も緩んでいたのだろう。

「全部終わったお祝いに、ちょっと乾杯しましょう」

現地のスタッフにそう言って入ったバーは、やたら混んでいた。

あまり飲むと、疲れがドッと出てしまいそうで、わたしは白ワインを一杯だけ飲んだ。英語の得意でない部長のために、テーブルの会話を通訳したり、オランダ人スタッフたちの流暢《りゅうちょう》だが、少しアクセントの違う英語に、必死で耳を傾けたりしていたせいもあるのだろう。

気づいたときには、ショルダーバッグがなかった。

パスポートも財布もすべてそこに入っていた。スマートフォンだけはポケットに入れていたが、あとの大事なものはほとんどバッグの中だった。

バッグがないことに気づいた瞬間、すうっと血の気が引くのがわかった。口に出す前に確かめる。膝《ひざ》の上に置いていたのを、邪魔だなと思い、椅子の背もたれと背中の間に置いたのは覚えている。だが、今、わたしの背中はそのまま背もたれに触れている。振り返って見ても、そこにバッグはない。下にも落ちていない。

深呼吸をする。落ち着け、橋本乙葉《はしもとおとは》。どこかに置き忘れていないのか。席を立って、トイレに行くが、もちろん、そこにもない。

バーにいる他の人たちが持っていないか、見回すが、誰もわたしのサドル型のバッグなど持っていない。

落ち着きがなかったのだろう。現地スタッフのエミリーが英語でわたしに尋ねた。

「橋本さん、どうしたんですか？」

「えっと……、鞄《かばん》がないかも……」

「えっ！」

テーブルにいた全員の視線がわたしに集まる。

「なにしてんの、おまえ」

同僚の穂積《ほづみ》がそう言う。あらためて大嫌いだと思う。TOEICの点数が高いというけど、お客様との交渉はほとんどわたしに押しつけていた。

部長が尋ねた。

「パスポートや貴重品はどうしたんだ」

声が小さくなってしまう。

「鞄の中……です。ホテルのセーフティボックスに少し現金とクレジットカード一枚は置いていますけど」

部長が眉《まゆ》をひそめるのがわかった。

「貴重品は、貴重品入れに入れて、直接身につけておくべきだろう」

それも考えなかったわけではない。だが、女物のタイトなシルエットのパンツスーツだと、貴重品入れの存在がはっきり外からもわかってしまう。かといって、ダンボール箱などを持ち上げたりするのに、スカートもやりにくい。

「ともかく、警察に行きましょう」

エミリーにそう言われて、わたしは立ち上がった。

「橋本は本当にドジっ子だなあー」

背後から部長がそう言うのが聞こえて、ドッと笑い声が起きた。

わたしは歯を食いしばった。


他の人よりも失敗が多いなんて思ったことはない。

ただ、小柄で丸顔で、童顔で、「なんかそういうキャラ」という扱いばかり受けていた。二十代の頃、取引先を訪ねたとき、「営業部のマスコットです」などと言われたこともある。そこで、笑みを浮かべずにいるなんて、よほど心の強い人しかできないのではないだろうか。

抗議しても「褒めているんだ」「可愛がっているんだ」と言われる。

嫌われるよりいいと思って、自分を慰める。三十を過ぎれば、さすがにマスコットではなくなったが、ドジで、からかってもいい人間という扱いは変わらない。他の人が失敗したときには誰もそんなことは言わないのに。

だから、失敗はしたくなかった。なのに、こんなことになってしまうなんて。

エミリーの力を借りて、警察に紛失届を出した。合間に電話でクレジットカードも止める。

「帰国するだけでしたら、パスポートの再発行ではなく、帰国のための渡航書でなんとかなるでしょう。パスポートの再発行だと十日くらいかかりますけど、渡航書なら一日か二日で出るはずです」

放心していて、エミリーのはっきりした英語を聞き取るのも難しい。だが、彼女が警察に同行してくれて、本当に良かった。

「ありがとうございます。一緒にきてくれて」

「でも、明日《あした》は仕事なんです。大丈夫ですか」

今日はもう大使館は開いていない。本当は明日帰る予定だったから、航空券の変更手続きもしなければならない。だが、大使館なら日本語も通じるだろう。

これ以上、彼女を頼るわけにはいかない。

「もちろんです。今日は本当に助かりました」


送ると行ったエミリーを断って、トラムに乗って帰った。帰るまでにいくらお金がかかるかわからなかったから、タクシーも使いたくはなかった。

降りる停留所を間違えて、しばらくアムステルダムの街を歩いた。もう八時を過ぎているのは確かなのに、アムステルダムの街はまだ夕刻みたいで調子が狂う。

運河沿いにボートハウスが並んでいる。橋には美しい花が植えられていて、まるで絵はがきの写真みたいだ。

美しい街なのに、少しも心は動かない。

ただ、知らない街を歩くのだから、明るい方がいい。真っ暗なら不安で心が潰《つぶ》れそうになっただろう。

パンプスでずっと立ち仕事をしていたせいで、足は痛み続けた。まるでシンデレラの姉みたい、なんて思ってしまう。

ガラスの靴が入らないように、この街はわたしにふさわしくなかった。

泣きそうになりながら思った。

茂木《もてぎ》さんなら、こんな失敗はしなかっただろう。


茂木さんと最後に連絡を取ったのは、一ヶ月前。このアムステルダムの見本市にわたしが行くことに決まったから、彼女にその報告をした。

去年までは、彼女がやっていた仕事だった。英語が流暢に喋《しゃべ》れて、華やかで、いつも笑顔で弱音を吐かない彼女。わたしより四つ年上なのに、同い年みたいに気さくに話せるけど、憧《あこが》れていて、うらやましくて、少し妬《ねた》ましくて。でも、大好きだった茂木さん。

「アムスの見本市、今年はわたしが行くことになりました」

そうメッセージを送ると、すぐに返事が来た。

「本当？　乙葉ちゃんなら絶対わたしよりうまくやれると思う。頑張ってね」

嘘だ。あなたみたいには絶対にうまくやれない。そう言いたい気持ちを呑《の》み込む。彼女はもうこの会社とは関係のない人で、彼女相手にだだをこねても、ただ甘えているのと変わらない。

「アムステルダムで、おいしいものってありました？」

「うーん、毎日、ホテルと会場の往復だったし、晩ご飯もホテルのレストランとか、近くの日本食レストランだったからなあ。あんまり期待しない方がいいと思う」

そう言われても、それほどがっかりはしない。おいしいものを聞いたのは、彼女ともっと話がしたかっただけだ。自分がグルメだなんて思わないし、緊張する場所で食事をするのは好きじゃない。

もちろん、まずいものを食べるくらいならおいしいほうがいいけれど、毎日ファストフードやインスタントラーメンを食べていても気にならない。身体のことを考えているから、最低限の自炊をしているというだけだ。

茂木さんはわたしよりもずっとおいしいものが好きだった。一緒にランチに行って、たくさん店を教えてもらった。ひとりではもう行く気にならない。後輩を誘うときだけ、茂木さんに教えてもらった店に行く。

お土産を買っていくというのはおかしいだろうか。そう考えていると、変な顔の犬のスタンプが送られてきた。

吹き出しに「ファイト！」と書いてある。

そのスタンプを見ながら考えた。彼女は後悔したり、寂しくなったりしないのだろうか、と。

ホテルに帰ってもほとんど眠れなかった。

明日、他の社員は帰ってしまうし、現地スタッフに甘えることもできなくなる。ひとりで大使館に行って、手続きをして、ひとりで帰ってこなければならない。

海外旅行は何度か行ったことがあるけれど、だいたい飛行機とホテルがセットになったパック旅行で、ひとりで行動したことなんてほとんどない。

部長にお詫《わ》びと、報告のメールを送り、日本の総務部にも事の次第をメールで報告する。

ベッドの中でうだうだスマートフォンを弄《いじ》っていると、メールの着信があった。まだ午前二時を過ぎたばかりなのに、と思って気づいた。

日本時間なら、朝の九時だ。メールは総務の豊岡《とよおか》さんだった。

「災難でしたね。飛行機の変更はこちらでやっておきます。オープンチケットにしておくので、帰国の目安がついたら、連絡ください。ホテルの延泊はそちらでお願いします。ホテル代は旅行保険で出ると思うので、帰ってから精算してください」

頼もしいメールで泣きたいような気持ちになる。

「帰国のための渡航書」を申請するためには、戸籍謄本が必要だから、母に電話をかけた。幸い、兄が休みで家にいるから、これから市役所に取りに行ってくれるという。帰ったらなにかお礼をしなくてはならない。

戸籍謄本は、メールでの添付でだいじょうぶだというから、すぐに取りに行ってもらえば、朝起きて、すぐに大使館に行ける。

解決の糸口が見えたことで、ほっとしたのか、わたしはいつのまにか眠っていた。


スマートフォンの着信音で起こされた。

寝ぼけながら、電話に出る。部長からだった。

「大丈夫か？　昨日はどうだった」

わたしは事の次第を説明する。そういえば、本当は今日の午前中に、アムステルダムを出て、帰国する予定だった。

ひとり取り残される心細さに、心臓がぎゅっと縮んだような気がするが、自分のせいなので仕方ない。

電話をしながら、タブレットでメールの受信トレイを確認する。兄から添付ファイルつきのメールが届いていた。兄はウェブ制作の仕事をしているから、添付画像の質なども問題ない。

「じゃあ、まあ気をつけて帰れよ。観光でもして」

「本当にご迷惑をおかけしました」

電話では見えないのに、自然に頭を下げてしまう。優しい人だということは知っている。もっと怒られても不思議はなかった。

じわりと涙が滲《にじ》む。こんなことでは、来年からは別の社員が、アムステルダムにくることになるだろう。茂木さんの代わりは、わたしが埋めたかった。

電話を切って、日本大使館の場所を調べる。アムステルダムにあるとばかり思っていたのに、日本大使館があるのはデン・ハーグという街だった。アムステルダムから特急で一時間くらい。

ここにきてから、ひとりで列車に乗ったこともない。不安だが、行かないわけにはいかない。

わたしは、自分の頬を両手で叩《たた》いて、気合いを入れた。

身支度をして、ちょうど同僚たちの出発する時間に、ロビーに降りた。みんなを見送ってから出発する。朝食を取るよりも、早く手続きをして安心したかった。

九月のアムステルダムは、やや肌寒く、薄手のコートが必要なほどだった。トラムで中央駅に向かい、苦労しながら自動券売機で切符を購入する。ようやく列車に乗って、大きく息をついた。

またしばらくドジっ子の称号がついてまわることになるだろう。そう思うと、ためいきが出る。茂木さんみたいに、頼もしい女性に生まれたかった。

窓の外の景色に目をやる。車内は新しく清潔だが、窓はやけに汚れている。街の壁にはスプレーで描かれた落書きがたくさんあり、どこか荒《すさ》んでいる。アムステルダム中心部の、美しい観光地との対比が嘘のようだ。

今日は金曜日だから、即日発行ができなければ、帰国は月曜日以降になるだろう。土曜日と日曜日、わたしはたったひとりで、アムステルダムに取り残される。

部長は観光でもしろと言ってくれたけど、なにを見ればいいのだろう。

有名なのは、アンネ・フランクの家と、ゴッホ美術館。だが、どちらも長蛇の列だと聞く。まあ、時間はあるのだが、あまり気は進まない。

美術に興味があるわけではないし、ゴッホはひまわりの絵を描いた人ということくらいしか知らない。こんな気分の時、アンネ・フランクの家を見ると、よけいに気持ちが沈んでしまいそうだ。

なにより、ひとりで店に入って、なにかを注文して食べるということ自体が、不安なのだ。日本でできえ、好きじゃないし、できればやりたくない。これまでアムステルダムで入ったレストランは量も多く、ひとりできている客も少なかった。あそこでひとりで食べる勇気などない。スーパーでサンドイッチでも買って、ホテルで食べるしかない。

考え込んでいるうちに列車はデン・ハーグに到着した。大使館までは歩いて三十分かかるから、タクシーに乗る。

英語は問題なく通じ、十分ほどでタクシーは大使館の前に到着した。

大使館に入れば、日本語が通じる。少し全身の緊張が緩む気がした。

書類に記入し、戸籍謄本の画像を見せる。手続きはスムーズに進んだが、やはり渡航書の発行は月曜日になるらしい。

「月曜日の午後にきていただければお渡しできます」

大使館の職員はそう言った。スキポール空港は、デン・ハーグから三十分くらいだから、帰るのは月曜日の夕方以降になりそうだ。

大使館を出て、総務の豊岡さんにメールをする。日本時間では夜の七時、もう帰っているかもしれないと思ったが、すぐに返事が来た。

「直行便ではないんですけど、午後六時発の便が取れそうです。パリで乗り継いで、翌日朝の羽田《はねだ》着です」

「じゃあそれでお願いします」

帰る目安がついたと思うと、ようやく安心できた。

ホテルに電話して、月曜日までの延泊をお願いし、電話を切る。問題はぽっかり空いた、二日間だ。ホテルと、見本市会場の往復だけで観光する暇などないと聞いていたから、ガイドブックも持っていない。

天気も悪くないので、帰りは駅まで歩くことにする。

童話に出てくるような中心部と、ビルなどが多いその周辺との雰囲気がはっきり分かれたアムステルダムと違って、デン・ハーグは落ち着いたヨーロッパの街だった。シックで趣のある建物と、緑の豊かな街路樹。歩くのもなんだか楽しい。

安心したせいか、ひどくお腹が空《す》いてきた。歩いているうちに、レストランはいくつか見つけたが、なかなか入る勇気が出ない。

店の外に出ているメニューはオランダ語表記だし、ちょうど昼食時間で、混んでいる。入りあぐねて、歩いているうちに駅に到着してしまった。

駅にはスーパーがあったから、サンドイッチでも買って列車で食べるか。そう思いながら駅構内に入ったとき、見慣れないものが目に飛び込んできた。ガラスの扉の小型のロッカーみたいなものがずらっと並んでいる。近づいてみると、中にはフライかカツのようなものがひとつずつ入っていた。

なんだこれは？

そう思いながら、まじまじと見ていると、背の高い白髪の男性が、そのロッカーに近づいた。扉の横に硬貨を入れ、扉を開ける。中から紙皿に入った揚げ物を取りだして、一口囓《かじ》った。そして、わたしに向けて親指を突き出して見せた。

まるで「おいしいよ」とでも言いたげだ。

つまり、これは、揚げ物の自動販売機なのだ。空腹だったこともあり、俄然《がぜん》興味が出てきた。なにより、食べるのに気を張らなくてもいい。

いちばん多い、俵形の揚げ物のところに硬貨を入れる。ドアを引っ張ると簡単に開いた。紙に包まれた揚げ物は熱い。温度をキープするようにできているのだろう。一口囓る。クリームコロッケだ。熱々のホワイトソースがとろりと口の中にあふれる。

お腹が空いていたので、あっという間に一つ食べてしまった。もうひとつ別の種類らしきものを買う。今度は中に焼きそばのようなものが入ったコロッケ。ジャンクだが、アジアの香りがして、元気が出る気がした。

揚げ物をふたつも食べたせいか、お腹はいっぱいになったが、今度はビールが欲しい、なんて考えてしまう。自分の単純さに笑ってしまう。

落ち着いたところで、列車の時刻表を見ると、十分後にアムステルダム行きの列車が出るのがわかった。わたしは急いで、切符を買いに走った。

列車に乗ってからスマートフォンで検索すると、コロッケの自販機はオランダではよくあることがわかった。アムステルダムにもたくさんあるらしい。

今度はビールを買って、飲みながらコロッケを食べてやる。栄養のバランスなんて、日本に帰ってから考えればいいのだ。

そう思うと、憂鬱《ゆううつ》な気持ちが少しだけ晴れた。


安心したせいか、ホテルに帰り着くとベッドに倒れ込んで、しばらく眠ってしまった。目が覚めたときには、もう夕方だった。

ゆっくり寝たせいか、疲労感がようやく抜けたような気がする。

街に出て、コロッケの自販機を探して、ビールを買って一緒に食べよう。そう思うと、街に出る元気が出てくる。

スーツではなく、スウェットとウエストゴムのワイドパンツに着替える。飛行機の中や部屋でリラックスするために持ってきた服装だが、もう窮屈なスーツを着る必要はない。

ホテルの近くには、コロッケの自販機はなかったが、駅からトラムで通る途中で見かけた。トラムは二日間乗れるチケットを買ったから、明日《あした》までは乗り放題だし、明後日《あさって》も一日券を買い足すつもりだった。

仕事用の鞄《かばん》ではなく、ナイロンの斜めがけバッグを手に、トラムに飛び乗る。停留所の名前は覚えていないが、見覚えのある景色になったから、そこで降りた。

たぶん、ここをずっと歩いて行くと、お土産物店やデパートのある通りに出て、そこにコロッケの自販機があったはずだ。他に予定はないから、多少迷ったってかまわない。ドジっ子なんてからかう人もいない。

そう思って歩き出したとき、ふと、狭い路地に人が並んでいるのが見えた。

なんだろうと思って近づく。親しみのある匂いが漂ってくる。揚げたじゃがいものの匂いだ。

駅の売店くらいの小さな店では、どうやらフライドポテトを売っているようだった。

円錐形《えんすい》に丸めた紙に、たっぷりとフライドポテトを入れて、小さなフォークを刺したものを手に、若いカップルが列から離れる。

お腹がぐう、と鳴った。コロッケは昼間食べたから、夜はフライドポテトでもいいかもしれない。

量が多いから、これだけで充分だろう。

どんどん列は進んでいく。大量に揚げて、それを取り分けるだけだから、捌《さば》くのも早いはずだが、それでも列ができているところを見ると、人気店なのだろう。

わたしも列に並んだ。すぐにわたしの番が来る。

「小さいのひとつとハイネケンひとつ、お願いします」

注文を聞いた若い店員さんが尋ねた。

「ソースは？」

見れば十種類以上のソースのメニューがある。

「ええと、塩で」

そう答えると、店員さんは軽く首をすくめた。

「ソースで食べなきゃ。うちのマヨネーズはとてもおいしいよ」

マヨネーズと聞いて、わたしは目をぱちくりさせた。ケチャップならまだしも、フライドポテトにマヨネーズなんて聞いたことはない。

だが、「郷に入っては郷に従え」だ。わたしはマヨネーズをお願いすることにした。

山盛りのフライドポテトの上に白いマヨネーズがかかっている。お金を払って、ハイネケンとポテトをもらうと、両手がふさがってしまう。

立ったまま食べるのは難しそうだ。路地を通りぬけると、そこにはまた運河があった。

運河沿いに、ベンチがあったから、そこに腰を下ろす。苦労しながらハイネケンのプルトップを開けて、一口飲んだ。

ビールはキンキンに冷えているわけではないが、肌寒いからちょうどいい。熱々のポテトにマヨネーズをつけて口に運んだ。

唸《うな》ってしまった。マヨネーズは日本のマヨネーズと全然違う。酸味が少なく、少し甘くてクリーミーだ。たしかにフライドポテトによく合う。芋自体も、とても美味《おい》しい。

運河を眺めながら、ビールを飲み、フライドポテトを食べた。前を通っていく人もいたが、誰もわたしのことなど気にしない。そのことがひどく心地よかった。

思った通り、小サイズでも全部食べるとお腹がいっぱいになってしまった。残ったビールを飲みながら、その場でぼんやりする。

すぐに動かなくてもいいし、どこにも行く必要がない。そのことがたまらなく、心地よかった。

なぜか、また茂木さんのことを思い出した。

真夏になる前、茂木さんの新居に遊びに行った。

彼女が仕事をやめてから、一ヶ月後のことだった。

彼女は、東京から特急で二時間半くらいかかるところに引っ越していた。駅から車で二十分くらい。バスは回数が少ないからと、彼女は駅までわたしを車で迎えにきてくれた。

古い平屋の一軒家は、彼女が自分で壁を塗ったりして、改装したのだと聞いた。

広い庭と、家庭菜園があって、愛想の悪い、雑種の犬がいた。

山がすぐ後ろにそびえ立っていた。関東平野で生まれて、関東平野で育ったから、こんな山の近くに住むなんて、なんだか想像もできなかった。住む人のいなくなった親戚《しんせき》の家を譲り受けたのだと聞いた。

彼女は家の鍵《かぎ》を開けた。

「いらっしゃい。さすがにここまで遊びにきてくれる人はなかなかいないから、うれしいよ」

「こちらこそ、お邪魔してしまって……」

遊びに来てね、というのは、もしかしたら社交辞令だったのかもしれない。それでもわたしは知りたかった。

茂木さんが今、どんなふうに生きているのか。わたしが憧《あこが》れていて、わたしの欲しいものをすべて持っているように見えた彼女が、それをぽいっと捨てた上に、なにを手に入れたのかを。

六月、梅雨の晴れ間だった。東京はもう蒸し暑かったのに、そこはひんやりとした風が吹いていた。

庭に面した縁側に、座布団を敷いて、わたしは座った。茂木さんが、麦茶を運んでくる。

庭には大きな木がある。これが何の木なのかはわたしにはわからない。そんなことに関心を持たない生活をしてきた。

菜園には茄子《なす》とプチトマト、そして青唐辛子が植えられてた。

茂木さんはわたしと並んで座った。愛想の悪い犬は、おそるおそる近づいてきて、また部屋の奥に走って戻っていった。

「まだわたしにもそんなに懐いてないの。元野犬だからさ。でも、逃げようとはしないから、ここが安全だということはわかってるみたい」

茂木さんはそんなことを言った。わたしが買ってきたクロワッサンを一口食べる。

「ああー、やっぱり都会のパンはおいしいねえ」

そう言ってからわたしに笑いかける。

「田舎でびっくりしたでしょ」

わたしは首を横に振った。

「でも、涼しくて驚きました」

「ほとんど山だからね」

風が吹いていて、とても静かで、そして寂しい。まわりに家もあるが、都会みたいに密集はしていない。

部署のエースだった彼女が、いきなり辞めると言いだしたとき、みんな驚いた。昨年度の評価で、あきらかに仕事のできない男の同僚が、彼女より上の評価をつけられていたことが関係しているのだと言う人もいた。部長は、「結婚して子供を養わなければならないのだから、給料を上げてやらないと可哀想だ」と言ったという話が流れてきた。

そのことをいきなり聞くのは憚《はばか》られた。茂木さんが尋ねた。

「みんななんか言ってた？」

「最初のうちは……寿だろう、とか……」

今はみんな忘れたようにもう茂木さんの話はしない。わたしは尋ねた。

「今はお仕事は？」

「ここから車で一時間くらいのところに、博物館があって、そこの契約社員をしている。わりと仕事は楽しいよ。大学で取った学芸員の資格が、ようやく役に立ったみたい」

だが、契約社員なら、収入は前より減っているはずだ。口には出さなかったが、わたしの考えたことは伝わったようだった。

「東京の高い家賃を払わなくてもいいし、美容院もたまにでいいし、流行《はやり》の服も最新のコスメも、別に必要ないし、おいしいレストランも、もういいかなって思った。人生いつまで続くかわからないしね。自分のために時間を使いたいと思ったの」

それが、この田舎の家で、懐かない犬を飼って、家庭菜園をしながら暮らすことなのだろうか。わたしには少しもわからなかった。

茂木さんのようになりたかった。あなたに憧れてた。ずっと前を走っていて欲しかった。その気持ちを表に出さないくらいの分別はある。彼女は笑った。

「もちろん、評価のことは本気でむかついたし、ガラスの天井があるのは確かだし、そういうのがなければ、もうちょっとだけあそこにいたかもしれないなとは思うけど、でもそれだけじゃないんだよ」

愛想の悪い犬がまたやってきて、クロワッサンの紙袋をフンフンと嗅《か》ぐ。茂木さんは小さい欠片《かけら》を犬に差し出した。ぺろりと食べた犬の目がまん丸になった。こんなおいしいものは初めて食べた、みたいな顔だった。思わずわたしも笑ってしまった。

茂木さんは言った。

「わたしね。自分の人生の何分の一かでいいから、ここで風に吹かれて座っていたいの」

さすがに栄養のバランスが気になったので、朝ごはんはホテルのビュッフェでサラダとゆで卵などを食べた。オレンジが爽《さわ》やかでおいしい。

今日こそ、またコロッケの自販機を見に行くつもりだった。フライドポテトの他のソースも試してみたい。

なぜだろう。レストランは気が重いのに、ストリートフードなら、気兼ねなく食べられる。子供の頃、夜店で焼きそばや、りんご飴《あめ》を買ってもらったときのように気持ちがわくわくする。

ホテルのロビーにある観光案内マップを見て、今日は運河クルーズに参加してみるつもりだった。

午前中、部屋でくつろいだ後、また街に出る。

昨日目指していた、コロッケの自販機のある場所にようやく辿《たど》り着いた。駅にあったのと違って、狭い店のようなスペースに、コロッケの自販機ばかりが並んでいる。

オランダ語で書いてある品書きは読めないから、まじまじと現物を見ていると、自販機の向こう側の扉が開いた。人がコロッケを揚げていた。揚がった分から紙皿に入れて、空いたスペースに並べる。

販売方法は自販機だが、その後ろでは人が調理している。揚げたてで熱々なのも当然だ。

勘でひとつ選んで、硬貨を入れて買う。

駅で食べたのは、クリームコロッケっぽい味わいだったが、今日買ったのはカレー風味だった。そこに挽肉《ひきにく》。ソースがちょっと懐かしくなるような、親しみのある味わいだった。

もぐもぐと食べていると、横にいた男性が英語で話しかけてきた。

「日本人？　住んでるの？」

「いいえ、旅行者です」

そう言うと、彼はメモ帳にさらさらとなにかを書いた。

「自販機のコロッケもおいしいけど、ここは、アムステルダムでいちばんおいしいコロッケだよ。ぜひ携帯電話で調べて行ってみて」

どうやら、店の名前のようだった。VAN DOBBEN と書いてある。アムステルダムでいちばんおいしいコロッケという言葉に、少しだけ警戒していた気持ちは吹き飛んだ。

「ありがとうございます。行ってみます」

わたしがメモを受け取ると、彼はにこにこと手を振って、店を出て行った。ナンパか詐欺と思って警戒したが、単に親切な人だったらしい。

スマートフォンで店を調べると、ここから歩いて十分くらいのところにある。夜遅くまでやっているようなので、夕方行ってみてもいいかもしれない。

食べ終えてから、歩いて運河クルーズの乗り場に向かった。

ちょうどやってきたクルーズ船に乗る。運河に沿って、古くて趣のある家が並んでいた。運河にかかった橋には、美しい花が植えられている。モフモフした犬が窓から顔を出している家があって、乗客はみんな笑顔で写真を撮っている。

わたしも思わずスマートフォンのシャッターボタンを押した。犬が好きな茂木さんに送ったら、喜んでくれるだろうか。

まるで童話のように美しい街だった。アムステルダムは今、ヨーロッパのツーリストたちにとても人気があり、宿泊代が高騰しているという話は、日本にいるときに聞いていた。

だが、美しい街なら他にもあるはずだ。アムステルダムの魅力っていったい何なのだろう。

気楽に食べられるストリートフードも、もちろん魅力のひとつだろう。だが、それだけのはずはない。

一時間半ほどのクルーズを終え、船を下りる。景色も堪能《たんのう》したが、なによりも水辺の風が心地よかった。

まだ午後の早い時間だから、美術館にでも行ってみよう。そう思って歩き出した。アムステルダムの旧市街は道も細く、あまり車は走っていない。自転車とトラムが、街の主な交通手段のようだった。

自転車は自転車レーンがあるから、日本のように歩道を歩いていて、後ろからベルを鳴らされるようなこともない。

運河には白鳥や鴨も泳いでいる。なぜだろう。都会なのに、時間の流れ方が緩やかな気がする。

大きな公園があるのが見えて、思わず中に入った。土曜日だからだろう。公園には人がたくさんいた。芝生の上にそのまま寝転んだり、ベンチで本を読んだり、思い思いに午後を過ごす人たち。走り回る子供たちや、挨拶《あいさつ》する犬。

空いているベンチを見つけて、わたしはそこに座った。持ってきた水を飲み、ただ空を見上げる。

こんなふうに時間を過ごしたのは、いつ以来だろう。茂木さんの家を訪ねて以来かもしれない。

あのときは、彼女がわたしと同じ道から降りてしまったことが寂しくて、ただ、過ぎる時間を楽しめなかった。

わたしはベンチに座ったまま、彼女の言っていたことばを噛《か》みしめる。ただ、なにもせずに日に当たり、風に吹かれている時間。もう長いこと、そんな時間のことは忘れていたし、そんな余裕などないと思っていた。

なのに、今わたしは、観光地をめぐるよりも、ただここにいて、風に吹かれていたいと思っている。


夕方、教えてもらったコロッケの店に向かった。

運河のまわりから少しはずれて、寂しい通りに入るのは少し怖かったが、勇気を出して入ってみる。

カウンターだけの、殺風景な店だった。空《す》いている時間なのか、客はコーヒーを飲んでいるふたりしかいなかった。ドアに書いている営業時間を見ると、早朝から深夜まで開いているようだ。

「コロッケひとつ、お願いします」

そう言うと、なにか質問される。ブローチェ？ と聞かれたような気がして、きょとんとしていると、少し離れたところにいる人が英語で言った。

「パンと一緒に食べる？　と聞いたんだよ」

コロッケだけでもいいが、それだと晩ご飯には寂しいだろう。教えてくれた人に礼を言って、イエスと答えた。コーヒーも一緒に頼む。ビールを頼みたい気もしたが、知らない店では少し怖い。

出てきたのは、丸いパンを半分に切って、そこにコロッケを挟んだものだった。日本のコロッケパンと同じだ。

なんだかおかしくなる。オランダの人もコロッケパンにして食べるのだ。ソースや千切りキャベツはなくても、コロッケパンには違いない。

見れば、ハムを薄切りにして、ハムサンドを作っている店員もいる。そちらもおいしそうだ。

コロッケパンを手に持ってぱくりと食べた。熱々のホワイトソースが中からあふれ出す。さくさくの衣にもしっかり味がついていて、ソース無しでもとてもおいしい。ビールと一緒なら、コロッケだけの方が合うだろうが、コロッケパンにはコーヒーが合う。

あっという間に食べ終えて、コーヒーを飲んだ。礼を言ってお金を払い、店を出る。まだ外は明るいが、少し風が強くなってきた気がする。温かいものを食べて飲んだせいか、寒いとは感じなかった。

翌朝、口内炎ができていることに気づいた。

さすがに、二日間、フライドポテトやコロッケばかり食べていたからだ。今夜は、ちゃんとレストランに入るか、デリでサラダを買って食べるかしよう。

だが、明日《あした》はスーツケースを抱えて、デン・ハーグに行き、渡航書を受け取って、空港に向かうことになるだろう。

アムステルダムの街を楽しめるのは、今日が最後だ。

来年、ここにまた来られるだろうか。わたしではなく、別の人が見本市に行くことになっても、自分のためにこの街にきたいと思っているわたしがいる。

ただ、ストリートフードがおいしかったからというだけではない。なにかがわたしを魅了している。

今日は少し買い物をしてみたかった。インターネットで調べたところによると、アンネ・フランクの家近く、9ストラーチェスという地区に、しゃれた雑貨屋やカフェがあるようだ。

そこを歩いて、記念になるようなものを買ってみたい。

また朝食ビュッフェでサラダやゆで卵や栄養になるものを選んで食べ、ゆっくりコーヒーを飲んでから、トラムで街に出る。

すっかりトラムに乗るのも慣れた。頻繁に来るし、降りる場所は外の景色や、スマートフォンの位置情報でわかる。

見本市の仕事で過ごした一週間より、この二日間の方が、よっぽどこの街のことを好きになったのはなぜだろう。

ひとりで行動したからか、好きな場所に自分で選んで行けたからか。

9ストラーチェスは、美しい通りだった。花が植えられていて、古い建物の中に小さな雑貨屋やおしゃれなセレクトショップなどが入っている。アムステルダムには、有名な高級ブランドの店もたくさんあるが、このあたりにはそういう店はあまりないようだ。

ぶらぶらとショーウィンドウを覗《のぞ》きながら歩くだけでも楽しい。疲れたら、あちこちにあるベンチに座って休憩すればいい。

ようやく気づく。この街には座るところが多いのだ。

もちろん、公共のベンチもたくさんある。公園の芝生にも座れる。だが、それだけではなく、ブティックやカフェの外にも、店の外装に合うような、椅子やベンチが置かれていて、そこに座っている人がいる。テラス席もあるが、それとは違う。ただ、座ってもいい場所。

ストリートフードが多いのも当然だ。売る店も多いが、気軽に座って食べることができる。

運河のほとりで、足を投げ出して座ることも可能だ。そうしている人たちがたくさんいる。

街全体が、まるで広い縁側みたい。そう考えたとき、ようやく、茂木さんの気持ちがわかった気がした。

（わたしね。自分の人生の何分の一かでいいから、ここで風に吹かれて座っていたいの）

どこかに行かなければいけないわけではなく、なにかに急《せ》き立てられなくてもいい時間。ほんの少しだけ、息をついて、なにをするでもなく、空を眺めている時間。

いつの間にか、そんなものがとても贅沢《ぜいたく》になってしまった。彼女は、強い意志でそれを取り返そうとしたのだ。

そんなことを考えながら歩いていると、青い屋台のようなものを見かけた。人がサンドイッチのようなものを買っている。揚げ物の匂いはしない。

わたしは、中を覗いた。先にいる客が買っていたのは、アルミの皿にのった魚だった。看板には Haring と書いてある。英語に似ているからわかった。ニシンだ。

男性客はそのまま丸ごとニシンを、持ち上げ、下から口で迎えに行って食べている。近くのテーブルには、ピックで突き刺しながら食べている人もいるし、サンドイッチを食べている人もいる。

いかにもおいしそうだ。オランダ語で、サンドイッチがブローチェということはもう覚えた。

わたしは、手振りと英語とオランダ語を混ぜながら、ニシンとパンを注文した。よく太った店員は、パンをふたつに割って、ニシンを挟み、玉葱《たまねぎ》とピクルスを上からかけた。

アルミの皿ごと、それを受け取る。

わたしは、アルミの皿を持って、運河のほとりに座った。大きな口を開けて、サンドイッチに食らいつく。

ニシンは塩気が利いていて少し酸っぱかった。酢の香りというよりも、発酵させているようだ。たっぷりと脂がのっていて、玉葱とピクルスが生臭さを消している。

塩気があるから、パンともよく合う。揚げ物ばかり食べていたから、この爽《さわ》やかさがとても美味《おい》しく感じられる。

食べ終えて、持って歩いていたペットボトルの水を飲む。
心地よい風が吹いていた。それに身をまかせながら考える。
あの縁側にも、今、心地よい風は吹いているだろうか。

糸島の塩

松村比呂美

松村比呂美（まつむら・ひろみ）
一九五六年、福岡県生まれ。二度にわたる「オール讀物推理小説新人賞」最終候補を筆頭に、多数の公募文芸賞で入賞。二〇〇五年『女たちの殺意』でデビュー。主な著書に『幸せのかたち』『恨み忘れじ』『鈍色の家』『終わらせ人』『キリコはお金持ちになりたいの』『黒いシャッフル』など。

靴底を通してアスファルトの冷えが伝わってきた。

幸《みゆき》は体をぶるっと震わせて、その場で足踏みを繰り返した。

インスタグラムで見たバス停で二十分待っているが、ターゲットはまだ現れない。コートを着てくるべきだったと思いながら、あたりを見回していると、向こうからそれらしき女性が歩いてきた。

オフホワイトの丈の短いセーターと柚子《ゆず》色のパンツという組み合わせで、小さなバッグを体にフィットさせて斜めにかけている。三十代、独身女性の無難なスタイルだ。

幸自身も似たような格好で、サーモンピンクのタートルネックのセーターにグレーのパンツをはいているが、バッグは小ぶりではなく、A4サイズの書類がたっぷり入るビジネスバッグを肩から下げている。

「もしかして、ゆうこさん？　瀬戸《せと》優子《ゆうこ》さんよね。館川《たてかわ》小学校だったでしょう？　私、六年生のときに同じクラスだった川上《かわかみ》幸です」

近づいて声をかけると、優子はわずかに首を傾げた。

「私、途中で転校して短期間しかいなかったから、覚えてなくても当然だと思う。もう二十年も前のことだし」

幸は視線を地面に落として寂しげに見える表情を作った。

肩までのストレートの髪が頬にかかる。

「六年生だったら、二宮《にのみや》先生のクラス？」

優子は窺《うかが》うように幸の顔を見ながら、担任の名字を口にした。

最低限の情報しか持っていなくても、こうして相手が教えてくれる。それに頷《うなず》いてさえいれば、話はつながっていくのだ。このやりかたで、すでに一件の契約が取れている。

「そう、二宮先生。でも、優子さんのこと以外は、あまり覚えていないの。あの学校にはいい思い出がないし、私、おとなしかったから」

幸は、あれこれ訊《き》かれずに済む有効な言葉を口にした。

「ごめんなさい。思い出せなくて……」

優子は、申し訳なさそうに首を横に振った。

ふんわりカールした髪が揺れて、シャンプーのほのかに甘い匂いがした。

名前通りに、優しそうな雰囲気の彼女は、相手を傷つけないために、知らなくても知っているふりをすると思っていたので、意外な反応だった。

「私は仕事帰りなんだけど、優子さんは？　久しぶりに会えたんだから、少しだけお茶できないかな。会議で疲れてしまって、甘いカフェオレが飲みたい気分なの。付き合ってもらえると嬉《うれ》しいんだけど」

幸は通りを挟んだ先にある喫茶店を指差した。

席の間隔が広く、人目を気にせずゆっくり話せるので、優子に声をかける前から目星をつけていたのだ。

「私も仕事が終わって帰るところだから、お茶だけなら」

優子は幸のことを思い出せない様子だったのに、喫茶店に入ることはあっさり同意した。

「嬉しい。私、旅行会社に勤めているんだけど、新しいツアーの企画が通って、明るい兆しが見えてきたところなの」

優子と肩を並べて歩きながら、喫茶店で伝える内容を小出しにした。

「旅行関係は大変よね」

優子は声を落として目を細めた。誰もが癒《い》やされそうな、優しい表情ができる人だ。

「いろいろ苦労したけど、新規のドリームツアーのパンフレットもできたのよ」

喫茶店の入り口で手の消毒を済ませ、一番奥の席に、対角線になるように腰を下ろした。

運ばれてきた水を飲むときにマスクをはずすと、優子はじっと幸の顔を見て瞬《まばた》きを繰り返した。

慌ててマスクをつけ、カフェオレを注文する。優子はブレンドコーヒーを選んだ。

「パンフレットがあるから、よかったら感想を聞かせてくれる？」

幸はドリームツアーと銘打ったパンフレットをテーブルに置いた。

「きれいなパンフレット。でも、ヨーロッパ周遊なんて、まだ無理でしょう？」

感染症のために、海外旅行はまだまだ先だと思っている人が大多数だ。

「半年先のツアーだし、規定のワクチン接種を済ませていれば、入国時の検査もなくて渡航できる国を選んでいるから。ニュースでは厳しい国の話題しか出ないけど、長期的な計画を立てて、メリハリがついた経済活動をしている国もたくさんあるのよ。春から夏にかけては、レストランや商業施設も通常営業になっているし」

「ほんとに？」

優子は首をひねりながらパンフレットを手に取った。

誰もが名前くらいは知っている最高級ホテルに宿泊する七日間のヨーロッパ周遊が、三十万円というあり得ない価格設定だ。

「三つ星ホテルに宿泊して、この値段はかなり安いと思うけど……」

優子は、細かいところまで熱心にパンフレットを見ている。

ツアー代金が安いために、逆に不安になっているようだ。感染症が拡大する前は、優子が頻繁に海外旅行をしていたことはわかっている。相場を知っているから、このツアーの値段がいかに安いかはわかるだろう。

「大変な時期だからこそ可能になった金額なの。全額前払いするのが条件だから、この値段なのよ。ネットでうちの会社のことを調べてみてね。ドリップドリームは、少人数のアットホームな旅行会社だけど、評判がいいのよ」

幸は、調べて、という言葉を繰り返して、ドリップドリームの名刺を渡した。それが、調べても大丈夫な会社、ということになり、安心感に繋《つな》がる。

社長の片桐《かたぎり》は、ホームページとパンフレット、名刺、クチコミサイトの細工にお金をかけている。というか、今はそれにしかお金をかけていない。これまで実施した国内旅行やクチコミは、ドリップドリームのホームページに掲載されているが、今回の海外ツアーは掲載していない。ドリップドリームが取得している第2種旅行業では、国内旅行の企画や募集はできても、海外旅行の企画、募集はできないのだ。海外旅行で実施できるのは、顧客の依頼により旅行計画を作成する「受注型企画旅行」のみだ。

「さっき、私のことだけ覚えているって言ってたでしょう？　どんなことを覚えてるの？」

優子が名刺から目を離して顔を上げた。

「誰にでも優しくて、優子という名前の通りだとずっと思っていたの」

幸は当たり障りのない答えを言った。

「そう……」

優子はまっすぐにこちらを見ている。ほめたのに、あまり嬉しそうではなかった。マスクをはずしてカフェオレを飲むと、優子の強い視線を感じた。怪しまれているのだろうか。早急に話を進め過ぎたかもしれない。

「百合《ゆり》ちゃんのことは覚えてる？　早乙女《さおとめ》百合ちゃん。ドラマの主人公みたいな名前で、かわいくて、頭が良くて、クラス委員だったから」

優子がテーブルの上に少し身を乗り出した。

「百合ちゃん……」

優子が近づいた分、体を引いて、首を傾げる。

「じゃあ、渡瀬《わたせ》君は？　足が速くて、リレー大会で五人抜きしたときは興奮したわよね。ビリだったうちのクラスが優勝したんですものね」

そのときのことを思い出しているのか、優子の目が輝いている。

「リレー大会のときには、たぶんもう転校していたと思う」

声がだんだん小さくなってしまう。

「そうなのね」

優子は納得したのか、話題を変えて、これまで行った海外旅行の話を始めた。

ホテルの部屋に着いたとき、スーツケースの鍵《かぎ》が開かなかったこと、予約していた列車がダブルブッキングで席がなかったこと、雨が降り出したので折りたたみ傘を取り出そうとバッグを開けたら、手が伸びてきて財布を取られそうになったこと。なぜかアクシデントばかりを懐かしげに話している。

「海外は、誰と一緒に行くの？」

友人と参加ということになれば、同行者の契約も取れる。

「ひとりだったり、グループだったり。幸さんは誰と行くの？」

ついでのように結婚しているの？　と聞かれて、言葉を濁すしかなかった。胸を張っていえない交際が三年続いている。

「このパンフレット、もらっていい？」

コーヒーカップを置いて、優子が再びパンフレットを手に取った。

格安ツアーに興味がないわけではないようだ。

「もちろん。ただし、申し込むなら早めにしてね。連休中のツアーだし、この値段だから、すぐにうまると思うから」

幸は、社名が入った大きな茶封筒にドリームツアーのパンフレットを入れた。違うパンフレットも一緒に入れそうになり、慌ててそれだけ取り出す。

「それは国内の旅？」

茶封筒から取り出したパンフレットを優子が指差した。

「これは、企画会議でボツになったツアーなの。時間をかけて作ったんだけどね」

片桐に、「こんな時に、何を考えてるんだ」と言われた企画だ。

とにかく今は、現金を集めなくてはならない。それには海外だ。そう言って片桐が例として挙げたのが、購入型のクラウドファンディングで、ハワイのコンドミニアムを格安で提供すると謳《うた》っていたハワイの旅行会社の話だった。感染症の影響で旅行客が激減している今だからこそ、八十％引きでコンドミニアムを提供できますというものだったが、小さな字で、混雑時は希望に添えない場合があります。と但し書きが添えられていた。

クチコミで広がり、すぐに目標金額に達したものの、感染症は拡大を続けて、申し込んだ人たちのほとんどが、期限内にコンドミニアムを利用することができなかった。それでも、購入者の都合で利用できなかったので、返金の義務はないらしい。

――このたびは、ご支援をありがとうございました。皆様のご厚意に感謝します。お振り込みいただいた支援金は、従業員の給料に充てさせていただきました。

その挨拶《あいさつ》文が掲載されて終わりだった。

「これは詐欺じゃない。購入者の都合で行けなくなったんだ。わかるよね」

自分たちが販売するドリームツアーも、詐欺ではなく、不可抗力でいけなくなった、ということでおさめようとしているのかもしれない。そう思ったが、確認する社員はいなかった。

片桐から渡された名簿には、これまで頻繁に海外旅行をしてきた人たちの情報が掲載されていた。たぶん片桐が、以前勤めていた大手の旅行代理店から情報を持ち出したものだろう。代理店にいたときから、そんな動きが見えていた。

「電話でコンタクトを取る場合は、かならず、『以前、お目にかかった』と言うように」

片桐は、通常のセールスの電話はすぐに切られてしまうから、なんらかの関わりのあった人物として接するように、と念を押すように言っていた。

「私ね、海外にばかり目がいって、国内旅行はあまりしてないの。特に九州にはほとんど足を踏み入れたことがなくて。沖縄と北海道は何度か行ったけど」

優子は、食い入るようにパンフレットを見ている。

福岡県の糸島《いとしま》が人気だと知って、ネットで時間をかけて調べ、パソコンで作成したパンフレットだ。通常の企画書では企画会議に通らなくなっていたので、パンフレットを自力で作ってみたのだ。写真はフリー素材を使い、ストリートビューで場所を確認しながら丁寧に作ったが、実際には行っていない。

「これも、もらっていい？」

優子は、幸が手作りしたパンフレットを胸に抱くようにした。

「いいけど、それはボツになった企画だから。ドリームツアーのほうは、興味があったら早く申し込んでね。発売されたら、たぶん一週間くらいでうまると思うから」

「そんなに早く？」

「キャンセル料が発生するのは、出発の二週間前からだけど、料金は前金で、全額振り込んでもらわないといけないから、それも確認しておいてね」

規約は、小さな字でパンフレットに記載されている。

「クレジット決済じゃないのね……」

「振込手数料を差し引いた金額を振り込んでもらうことになっているの」

幸は、いつでもキャンセルできるから、という言葉を繰り返した。

帰り際、「誘ったんだから、私に払わせて」と言ってレシートを手にしたが、優子は割り勘にしたいと言って、自分のコーヒー代をテーブルの上に置き、さっさとドアに向かった。

幸は、急いで支払いを済ませ、優子と一緒に表に出て、「電話番号、教えてもらえる？」と言った。渡された名簿には電話番号も書かれていたが、念押しの電話をかけるためには、番号を交換しておかなければならない。

「じゃあ、私が名刺の番号にかけてワン切りするから、それを登録してね」

優子は歩道の端に寄ってスマホを取り出し、幸の電話を鳴らした。

「ありがとう。登録するね」

スマホのスクリーンに出たナンバーを押して、登録画面に進んだ。

「登録の名前は、『せとまさこ』にしてね」

優子が横からスマホの画面を覗《のぞ》きながら言った。

「え？」

意味が分からず、手を止めて優子の顔を見た。

「私の名前、優しい子と書いて、まさこと読むの」

優子の言葉に、耳のうしろから血の気が引いていくのがわかった。

幸は、優子と会ってから、ずっとゆうこと呼び続けていたが、確かに優《ゆう》の字は、優《まさ》るというときにも使う。幸も、間違って「さち」と呼ばれることがあるのに、「優子」以外の読み方を想像すらしていなかった。

「普通はゆうこと読むものね。でも、母がせっかくつけてくれた名前だから、まさこと呼んでほしくて、子供の頃からみんなに、まーちゃんと呼んでとお願いしてるの。だから、友達はみんな、まーちゃんと呼んでくれるのよ」

優子、いや、まさこは、何事もなかったような表情で続けた。

まさこは、幸がクラスメイトではないことを、最初からわかっていたということか。

「じゃあまたね。今日は歩いて帰ることにするから。家はバス停ふたつ先だから、ときどき歩いて帰っているのよ」

まさこは手を振ると、バス停に戻らず、そのまままっすぐ歩いていった。

彼女は何もかもわかった上で、この時間を一緒に過ごしたのか。何を考えて電話番号まで教えたのだ。

深呼吸をしたが、鼓動はおさまらなかった。

お金を受け取ったわけではないのだから、これ以上、深入りしなければ問題ない。

幸は自分にそう言い聞かせて、まさこと反対の方角に歩いた。

電車に乗ってアパートに戻ると、幸はそのままキッチンに向かった。水を出しっぱなしにして手を洗い、炊飯器の中のごはんを握っていく。

大きなおにぎりを二個、押し込むようにして食べて、ようやく呼吸が落ち着いてきた。

炊飯器にお米をセットして、再びスイッチを入れる。いつまた不安な思いに囚《とら》われるかわからない。ぽっかりと空いた穴を埋めるには、こうするしかなかった。特に夜は、何度も不安な思いに襲われて、その度に同じことを繰り返してしまう。

「少しふっくらしたんじゃない？　片桐さんが始めたドリップドリームはうまくいっ

てるのね。うちはこの状況で大変よ」

転職前に勤めていた旅行代理店の同僚にばったり会ったときに、嫌みを言われた。社長の片桐と幸のことは、代理店で噂になっていたし、押しの強い片桐が独立することを快く思っていない同僚も多かった。不倫相手と一緒に独立するのだから、非常識だ、甘いと言われても仕方ないだろう。けれど幸は、営業成績の良い片桐とならうまくいくと信じていた。片桐は、修学旅行や社内旅行などの団体旅行に強く、いくつもの大口契約を取ってきていた。ドリップドリームは、その人脈を引き継げると聞いていたし、片桐の家庭はすでに壊れているとも聞いていた。

片桐は、幸のツアープランナーとしての企画力と、カウンターセールスの腕を認めてくれ、プライベートの付き合いでは、泊まるホテルも、ラブホテルやビジネスホテルではなく、ちゃんとしたところを選んでくれていた。

しかし、滑り出しこそ、団体ツアーを獲得して好調だったドリップドリームは、いつ終わるとも知れない感染症の拡大で旅行が取り止めになると、とたんに窮地に立たされた。実績のない旅行会社は、真綿で首を絞められるような状態が続いている。政府の救済措置を頼って、なんとか生き延びてきたが、それも限界がきたようだ。

最近になって、片桐が妻と別居しているのは、不仲が原因ではなく、片桐の妻が両親の介護のために実家に帰っているだけだという噂を聞いた。片桐が立ち上げたドリップドリームは、幸のほかに女性ばかり三名の契約社員がいるが、その中のひとりが、片桐と顔を突き合わせるようにして、ひそひそと話すのも気になっている。

しかし幸は片桐に確認していない。妻と離婚するつもりはないのか、幸のほかにも付き合っている女性がいるのか、ドリップドリームは、顧客からお金を集めて計画倒産するつもりなのか、などと聞けるはずがなかった。

幸は、旅行代理店を片桐と一緒に辞めたときに、母の忠告を無視して、コツコツためていた貯金をほとんど片桐に差し出してしまった。騙《だま》し取られたわけではない。新しい会社設立の資金にしてほしいと、幸が自分から片桐に渡したのだ。共同名義の必要もないと、話のわかる女性のふりをした。それでふたりの関係が堅固なものになると信じて疑わなかったのだ。

幸が母とふたり暮らしになったのは中学に入ったばかりの頃だった。父が、母以外の女性と付き合っていることがわかったとき、母がどんなに苦しんだか、離婚が成立するまでに、どれほどもめたか、側で見て知っていたし、幸自身もつらい思いをしたというのに、母を苦しめた女性と同じことをしている。

父と離婚してから、保険の外交員をしながら女手ひとつで幸を育ててくれた母は、幸が片桐と一緒に大手の旅行代理店を辞めようとしたとき、冷静に考えたほうがいいと、ずっと反対していた。旅行代理店で、幸が充実した仕事ができていることを知っていたからだろう。まとまったお金を片桐に渡してからは、借用書も書かずにあっさり受け取った片桐のことを、誠実な人とは思えないと言って、さらに強く反対していた。そんな忠告を無視して家を出てから、母とは一度も会っていない。何カ月かに一度、ＬＩＮＥで連絡するくらいだ。元気です、というＬＩＮＥを送っても、それならいいです。という簡単な返事がくるだけだった。

すべてを投げうって片桐についてきたのだ。彼との関係が壊れてしまったら、幸には何も残らない。これからも片桐を信じてついていく以外、どんな道が残されているというのだ。

そんなことを考えていると、身のおきどころがない不安に襲われて、炊き上がったばかりのごはんをおにぎりにして、ふたたび口の中に押し込んだ。

苦しいことがあると、人は食べものが喉《のど》を通らなくなるものだと思っていたが、幸は逆だった。苦しいと食べてしまう。心の中にできた空洞を埋めるために口に入れてしまうのだ。

翌朝、スマホの着信音で起こされた。画面に瀬戸優子と出ている。

時刻は午前六時になったばかりだ。

「早くからごめんなさい。今日、糸島に行くことにしたから」

通話ボタンを押すと、まさこの声が耳に届いた。

「あれはボツになった企画で……」

寝ぼけた声でそれだけ言った。

このところ、夜はほとんど眠れず、朝方、うつらうつらすることが続いている。ようやく眠れたところだった。

「わかってる。でも、今日はいいお天気だし、土曜日だし、明日《あした》も休みだし、ネットで調べたら、パンフレットで紹介されていたホテルが空いてたし」

まさこがテンションの高い声で言い続けている。

「そう……。気をつけて」

それ以外、言う言葉はなかった。

「それでね、私、ナビさえあればどこでも運転できるから、幸さん、一緒に行かない？　パンフレットにも書いてあったけど、糸島って、島だと思ってたら、福岡《ふくおか》市から陸続きの半島なのね。福岡空港からレンタカーで、四十分で着くんですって」

まさこの言葉に頭がついていかなかった。彼女は何を企《たくら》んでいるのだ。

「どうして私と？」

「昨日、寝ないで調べてたの。幸さんが勤めているドリップドリームのこと……」

待っても次の言葉は出なかった。それに、調べてと言ったのは幸だ。クチコミは悪くなかったはずだ。それなのに鼓動が速くなっている。

「脅しているの？」

沈黙のあと、やっとそれだけ言った。

「いやだ。どうしてそんなふうに思うの。糸島市内にはコミュニティバスも走っているみたいだけど、寄りたいところがたくさんあるから、レンタカーのほうが便利だと思って。車ならひとりでもふたりでも費用は同じだから、一緒にどうかな、と思ったのよ。飛行機代とホテル代は自分持ちだけどね」

まさこは、昔からの友達を旅行に誘うような口調で言った。

「断ったらどうなるの？」

「うーん」

どうなるんだろう、と聞こえた気がした。

感染症が拡大する前は、まさこは年に何度も海外旅行をしていたのだ。実家が資産家なのか、収入がいいのか、投資で儲《もう》けているのか、それとも、よくない方法でお金を得ているのか。最後が一番、しっくりくる気がした。

羽田《はねだ》発の飛行機の便名と時間を伝えられ、電話は切られた。時計を見ると、飛行機の時間まで二時間しかない。家から羽田空港まで一時間ほどかかる。

幸は、急いで顔を洗って服を着替え、炊飯ジャーのご飯をおにぎりにして胃に詰め込んだ。泊まりだから、新しいお米を炊飯ジャーにセットすることができない。そう思っただけで、胃がキリリと痛んだ。

鞄《かばん》の中に、替えの下着と洗面具、スマホの充電器だけ入れた。服の着替えも入れていない。昨日と同じセーターとパンツの上にハーフコートを羽織っただけだ。これだけで準備が終わるのに、片桐と一緒にドリップドリームを始めてから、一度も旅に出ていなかった。なにより旅が好きだったのに……。


羽田空港で指定された飛行機のチケットを取り、両隣が空いているシートを選んだ。そのまま手荷物検査を受けて搭乗ゲート付近まで移動する。

周囲を見回すと、まさこが隅のほうの椅子で、小さなバッグとコートを抱えるようにして眠っていた。寝ないでいろいろ調べていたというのは本当なのだろう。

まさこも昨日と同じ服装だが、パンプスではなく、底の厚い白いスニーカーを履いている。ウエーブがかかった髪をひとつに括《くく》っているので、イメージが違って見えた。

声を掛けようか迷っていると、優先搭乗のアナウンスが流れた。

まさこは目を覚まし、「来てくれてありがとう。福岡空港まで二時間あるから、もう少し眠れるわね。レンタカーの中でゆっくり話しましょう」と言い残して、ゲートに入っていった。優先搭乗らしい。やはり金銭的に余裕があるようだ。レンタカーの中で、ふたりきりでどんな話をするつもりなのだろうか……。

福岡空港に着くと、ボーディングブリッジを渡り切った場所でまさこが待っていた。

「ぐっすり眠れたから、運転はばっちりよ。レンタカーは予約しているから」

そう言って、まさこは大股《おおまた》で出口に向かって歩きだした。

福岡に足を踏み入れたことがないと言っていたのに、レンタカー会社がどこにあるのか知っているような足取りだ。ゆうこだと思っていたときには、ふんわりしたイメージだったのに、まさことわかってからは、活発な女性にしか見えない。

まさこは、空港近くのレンタカー会社で慣れた様子でコンパクトカーを借り、幸は赤い車の助手席に乗り込んだ。

「幸さんは福岡に来たことがあるの？」

まさこが、カーナビの目的地を二見《ふたみ》ヶ《が》浦《うら》のカフェに設定しながら言った。

海岸沿いにあるおしゃれなカフェで、幸がパンフレットに写真や情報を載せた店だ。

糸島ハムや糸島野菜など、地元の食材を使った料理も人気で、白い石造りの建物も、パラソルも、青い海と空に映えていた。

幸は、学生時代から旅の計画を立てるのが好きだったし、旅行代理店に就職してからは、その土地の魅力を生かしたパンフレット作りもさせてもらっていた。

「学生時代に一度だけ。博多《はかた》駅の周辺とか、天神《てんじん》とか、屋台巡りとかの定番コースだけど。福岡空港から、地下鉄ですぐだから便利だった」

「じゃあ、帰りに博多に寄ることもできるのね」

仲の良い友人ふたりで旅に出ているような会話だ。

まさこが車を走らせるとすぐに、幸のＬＩＮＥが鳴った。スマホの画面には、片桐とのやり取りが表示されている。

――契約は取れた？　みんなは、また新規が取れたよ。

片桐は、「ひとり五百万ずつ集めるように。そうすれば、ドリップドリームは持ちこたえられる」とほかの三人にも言っている。最近のＬＩＮＥは、ドリームツアーのことだけになった。仕事が終わってから会いたいと書いても、今は会社のことで頭がいっぱいだという返事がくるだけだった。

契約社員の三人も、今回は一件の契約につき三万円の特別手当がつくので、外回りをして、必死になっている。

まさこは、まだドリームツアーに申し込むつもりがあるのだろうか。話しかけたきっかけに嘘が含まれていたとしても、格安ツアーには興味がある、ということはありえる。

まったくその気がないのだとしたら、少しでも早く、名簿に載っている別の人物にアプローチしたい。片桐をつなぎとめておくには、契約をたくさん取るしかないのだ。

「旅慣れているのね。福岡空港も初めてだとは思えないくらいスムーズに移動してたし」

幸は、ハンドルを握っているまさこの横顔を見た。

旅の話題から、ドリームツアーの話にもっていきたかった。

「初めての場所でも、何度も来ているふりをするのは慣れているから」

まさこは前を向いたまま、ふっと笑った。

初めての場所でも、慣れた場所のように見せなければならない職業の人を幸は知っている。でも、まさこの勤務先は食品会社だったはずだ。

「そろそろ、私を誘った本当の理由を教えてもらえる？」

幸は、スマホの画面を消してから言った。

「もうすぐ有効期限が切れるマイルがあったのよ。そんなときにあのパンフレットを見たから、これは糸島に行けということだなと思ってね。ひとりで行くより、ふたりで行ったほうが楽しいかなと思っただけ。クラスメイトだし」

まさこがちらりとこちらを見て、すぐに前を向いた。

「ごめんなさい。まさこさん、と呼ぶべきなのよね。元クラスメイトだと言ったら話を聞いてもらえるんじゃないかと思って……」

謝罪の言葉を口にしたら、肩の荷が少しだけ軽くなった気がした。

「よかった。幸さんから言ってもらって」

まさこが肩を上下させた。

「昨日、海外旅行のエピソードを聞かせてもらったけど、もしかして、あれって……」

初めての場所でも、慣れた場所のように見せなければならない職業で思いつくのはひとつしかない。

「同業者だから、あんなふうに言ったら気づくよね。そう。ツアーに参加したお客さんのアクシデントよ。私、去年まで添乗員をしていたの。派遣だけどね。海外ツアー専門だったから、国内ツアーにスライドして、感染症がおさまって、業界が完全復活するのを待つことも考えたんだけど、今の会社を紹介してくれる人がいたから、思い切って転職したのよ」

紹介してくれたのは、まさこが添乗員として同行したツアーのお客さんだという。

派遣添乗員の収入は決して多くはないけれど、ツアーに出ている間は食費もかからず、水道光熱費も節約できる。お客さんから心づけをもらうことも多い。そして、親身になってお世話をしていると、帰りに名刺をもらったりして、つながりができることもあるという話を聞いたことがあった。

添乗員だから、頻繁に飛行機に乗っていたし、たまったマイルで飛行機のチケットを取ったり、席をグレードアップしたりできたのだろう。

ツアー客は、添乗員が旅行先の国を何度も訪れたことがあると思っているが、実際は、案内する場所すべてに行ったことがある添乗員はごくわずかだ。初めての場所でも、じっくり下調べをして、ツアー客を不安にさせないように、慣れた場所のような顔で案内しなければならない。海外ツアーには現地ガイドがいる場合がほとんどなので、それでやっていける。添乗員さんは何カ国語も話せてすごいですね、と言われるようだが、英語だけ話せたら、現地ガイドと英語でやりとりできるので困ることはないという話も聞いた。

「同業者だったから、いろいろ噂も入ってくるのよね」

まさこは、調べたことで何か気付いたことがあるようだが、それについては言わずに、ツアー客のアクシデントをどうやって切り抜けてきたのかを話し始めた。たぶん、今の仕事より、添乗員の仕事のほうが好きなのだろう。

「ねえ見て！　海が青いんだけど！」

高速を降りて海岸線に入った途端、まさこが大きな声を出した。

目の前に青い海が広がっている。ネット上で何度も見た風景だが、色加工せずに、この青さだったのか。

「福岡の海が青いという認識がなかった」

まさこが、ハンドルをぎゅっと握って、きれい、とつぶやいている。

「海の中にある白い鳥居が人気スポットなんでしょう？　無料の駐車場があるから、そこにとめて砂浜におりることができるって、これに書いてあったものね」

まさこは運転しながら、幸が作ったパンフレットを左手で持ってひらひらと振った。

桜井《さくらい》二見ヶ浦は、海岸におりられるようになっており、そこで撮られた写真がSNSで数多くアップされている。

まさこは、目的地に設定していたカフェを通り越して、その先にある駐車場にレンタカーを止めた。高台にあるので、そこからでも白い鳥居がある二見ヶ浦を見渡せる。青い海と真っ白な鳥居、打ち寄せる波、仲良く並んだ夫婦《めおと》岩。そのままパンフレットの表紙に使えそうな風景だ。

「砂浜までおりよう」

まさこは、ロングコートを羽織り、段差の大きな階段を慎重におりていった。

幸もまさこのあとに続いて、砂浜までおりた。

「気持ちいいね」

まさこは目を細めて海を眺めている。

幸は思わず、その後ろ姿をスマホのカメラで撮った。

「次のパンフレットに使えそう？」

まさこが近づいてきたので、撮った写真を見せた。

人物と背景のバランスがよく、海の中の白い鳥居が引き立っている、なかなかいい写真だと自分でも思う。

「いい写真が撮れても、私の企画はほとんど通らないから……」

ドリップドリームでは、実際に取材したり、情報を十分に収集して仕上げた自信作でも、幸がつくった利益の少ない企画が通ることはなくなっていた。逆に、顔を突き合わせるようにして片桐とひそひそと話している契約社員が提案した、利益重視の国内ツアーは、ほとんどが採用されている。

彼女は、売上の十パーセントのリベートを受け取る土産物店でも、さらに交渉を重ねて、いくつものプレゼントをつけさせ、お得感を演出するのがうまかった。数百円のおまけでも、店に着く前にバスの中で配ったりすると、年齢の高い参加者は、買わないと申し訳ないと思うのか、購入額がぐっと上がるのだ。購入額に応じた割引をするという方法もよく取っているし、単なる土産物店でも、車がないといけない、バスツアーだからこそ行ける店として、特別感を演出することも忘れなかった。

「幸さんは写真も上手なのね。企画担当なんでしょう？　カウンターセールスならわかるけど、外回りの営業までするのね」

まさこのほうからドリームツアーの話題が出た。すすめるとしたら、これが最後のチャンスだろう。

「昨日説明した、海外のドリームツアーはどう思った?」

呼吸を整えて聞いてみた。

「あれは……」

まさこは言いかけて、口をつぐんだ。言うべきか考えているように見える。

「感想を聞かせてもらえるだけでも参考になるから」

促すと、まさこは小さく頷《うなず》いた。

「このままだと、たぶん、ドリップドリームは詐欺破産罪で摘発されると思う。喫茶店でドリームツアーのパンフレットを見たときもおかしいと思ったけど、家に帰って、じっくり見たら、行程に無理があって、その通りにはとても回れないことがはっきりわかったもの。人気のある国を適当にピックアップしたとしか思えない無理なスケジュールだし、なにより、第2種旅行業だから、海外旅行の企画や募集はできないはずよね」

言い終えると、まさこは幸に向き合うように立った。

パンフレットに旅行業登録種別や番号を記載しなければならないので、小さな文字で書いているが、まさこは、そんな細かいところまでチェックしたのか。

「ドリームツアーは社長が担当したから……」

言い訳しか口にできなかった。この期に及んで、まだ、まさこにドリームツアーをすすめようとしていた自分がみじめで情けなかった。

「業績が悪化して持ちこたえられそうにない旅行会社のリストが、LINEの添乗員仲間で回ってきてね。添乗員を辞めていても、まだグループからは抜けていないから見ることができたんだけど、ドリップドリームがそのリストの中に入っていたの。その上、このパンフレットでしょう。これは、顧客からお金を集めるだけ集めて倒産するつもりだとわかったもの。このパンフレットが証拠になると思う。摘発されたら、幸さんも知らなかったでは通らないんじゃないかな」

仕事を失い、恋人を失い、貯金もすべて使い果たして、何も残らないという最悪の状態を考えてたまらなく不安になっていたけれど、現実は、それよりひどく、自分は犯罪者になるかもしれないのだ。

ふいに、片桐とのことをずっと反対していた母の顔が浮かんだ。

「パンフレットができたばかりだと言っていたけど、もう契約を取っているの？」

まさこが、幸の顔を覗《のぞ》き込むようにして言った。

「私はひとりだけ。ほかの社員はもう少し多いみたいだけど……」

「少人数だったら、ツアーが中止になったと連絡して、キャンセルの手続きを取ってもらえるわよね。こんな状況だし、パンフレットにも、やむを得ず中止になった場合は、振り込んだ全額返金すると書いてあったし。今回のドリームツアーが詐欺にあたることや、業界の噂になっていることを同僚に話して、社長にも確認して、振り込まれたツアー代金を返金して、計画的倒産にもっていくしかないと思う。そうしなければ、私も、旅行業界に身を置いていたことがある者として、見過ごせないし」

まさこは、幸がこの旅に同行しなかったら、東京に戻ってから、ドリップドリームを告発するつもりだったようだ。

「でも、計画倒産は犯罪なんでしょう？」

「計画的倒産は犯罪ではないの。倒産が避けられなくて、計画的に事業を収束させて、倒産に向かって進むわけだから。業績が順調なふりをして顧客からお金を集めたり、取引先に黙って契約を結んだりするのは犯罪だけどね」

このままでは幸も罪に問われることになると考え、なんとかしたいと思ったという。

「私のためにどうしてそこまで？　昨日、声をかけたときから、おかしいと思っていたのよね？」

自分だったら、だまそうとしていた人間と一緒になどいたくない。

「クラスメイトは、まーちゃんと呼んでくれてたからね。どういう目的で近づいたのか確かめたくて喫茶店に入ったら、あのパンフレットでしょう？　ドリームツアーの怪しさと、ボツになったという糸島のパンフレットの丁寧さが気になって、放っておけなかったの。クラスメイトじゃないのに、おせっかいよね。あんなに丁寧に作ったパンフレットの場所だから、糸島でなら、ちゃんと話を聞いて、考えてもらえるんじゃないかと思ってね。それに、添乗員の仕事をやめてからどこにも行っていなかったから、旅に出たくてしかたなかったのよ。糸島をここまで調べた人と一緒に回れたら楽しいだろうなと思ったのが一番の理由かな」

幸の作ったパンフレットが糸島に誘ってくれたのだと、まさこは言った。

「糸島のパンフレットを丸暗記するほど何度も見たからね、これからまだ、行きたいところがたくさんあるのよ。落差二十四メートルの白糸《しらいと》の滝《たき》でしょう。海に向かって漕《こ》ぐブランコも素敵よね。歩くとキュッキュッと音を立てる、鳴き砂の真っ白な砂浜も歩いてみたいし」

まさこは、幸が作ったパンフレットを本当に暗記しているようだった。

「あのパンフレットは夏用に作ったから、透明感のある青い海を堪能《たんのう》できるコースが多いけど、冬場は、牡蠣《かき》小屋がずらっと並んでいるし、お蕎麦《そば》も美味《おい》しいのよ。素敵な窯元がたくさんあって、陶芸の体験もできるし、おしゃれな雑貨店もある。でも、海は、夏のほうがもっと青くてきれいなんですって」

「これよりきれいだなんて……。私ね、今回、糸島を回ったら、次はお客さんを案内できると思う。個人旅行のコーディネーターの仕事をしたいなと思っているの。運転が得意だから」

まさこはエネルギーチャージするのだと言って、海に向かって大きく深呼吸をし始めた。

「自分で運転して案内するの？」

「旅行したくても高齢で自信がないというご夫妻や、体の不自由な家族の付き添いをしてて、自分がトイレに行く間も心配という人もいると思うの。そんな人たちが安心して旅行できるようにお手伝いをしたいの。旅行なんだもの。付き添いの人も楽しまないとね。そんなツアーはあるけど、場所が限られるでしょう？　行きたいところに案内できるといいなと思って、旅行介助士の資格も取ったのよ。まずは、派遣会社に登録して、会社が休みの土日だけね」

そんな旅なら、コーディネートの手伝いをしたいと思う。幸も大手の旅行代理店勤務のときに、国内旅行業務取扱管理者の資格ほか、取得できるものはいろいろ取っている。

まさこの夢を手伝いたいと思ったけれど、口から出たのは、「副業なんてしてて大丈夫？」という言葉だった。

「今は、仕事を掛け持ちするのを認めている会社が多いし、特にうちの会社は、社長が私の添乗員の仕事ぶりを認めて雇ってくれたわけだから、復帰を応援してくれると思うの」

まさこは海に向かって深呼吸を繰り返している。

「うらやましい。私は逃げ道なしだもの」

真似して大きく息を吸ってから、幸は、誰にも言ったことがない、片桐との関係を話した。

「逃げ道がないんだったら、逃げずに正面からぶつかればいいじゃない。ドリップドリームの社長だって、旅が好きだから、独立して旅行会社を始めようと思ったのよね。大切に思っている仕事で詐欺を働くなんて、信じられない！　付き合っている幸さんに詐欺の片棒を担がせようなんて、最低！」

わかっていたけれど、誰も言ってくれないことだった。

まさこは怒りをぶつけるかのように、スニーカーで砂を蹴《け》ったが、波が押し寄せてきて、慌てて逃げている。

ふたりで波打ち際まで行っては、波に追いかけられて走って逃げる、というのを繰り返した。パンプスは砂だらけになったけれど、少しも気にならなかった。

「ねえ、パンフレットに載っている、製塩所の秘密基地『工房とったん』も面白そう。糸島半島の突端にあるから、『とったん』なのね。冬の海をもう一カ所見てみたい」

写真では、本当に秘密基地のように、木やトタンでできているように見える。

「そこで作られた『またいちの塩』が評判みたいね。『海を眺めながら食べる塩プリンは絶品です』なんてすすめられたら、食べに行かないとね。この写真も素敵」

木のベンチに載ったふたつのプリンの向こうには、青い海が広がっている。フリーの写真素材から引っ張ってきたものだ。

パラソルが映えるおしゃれなカフェに少し後ろ髪をひかれながらも、まさこの希望で、「工房とったん」に向かった。

専用の駐車場から海沿いを歩いて五分で、塩の秘密基地が現れた。木組みの枠に竹を吊《つ》るした立体塩田を見たのは初めてだ。

竹を伝って、時間をかけて塩ができる仕組みは、パンフレットにわかりやすく紹介している。そのために、何度もホームページの動画を見たのを思い出す。

「あ、塩プリンだ！　工房見学はあとにして、まずは食べようね」

まさこが跳ねるようにプリン売り場に向かっている。どうやら甘いものが好きらしい。そういえば、インスタグラムの数少ない写真は、ほとんどがスイーツだった。

幸はプレーンの花塩プリンを、まさこは、さんざん迷って、焦がし塩キャラメルのプリンを選んだ。

周囲には、海を見ながらプリンが食べられるように、ベンチやデッキ、見晴台などが設置されており、トタン屋根にも梯子《はしご》がかかっていた。

「この上で食べようか」

まさこは、梯子をのぼり始めた。幸もおそるおそるあとに続く。

屋根の上には、物干し場のようなスペースがあり、木のベンチが備え付けられていた。

狭いベンチではないのに、まさこは、幸にくっつくようにして腰を下ろした。服を通して、じんわりとまさこのぬくもりが伝わってくる。

感染症が拡大してからは、人との距離を取ることが習慣になっていたので、誰かと寄り添って座ったことなどなかった。

「不思議に思ってたんだけど、どうして私が卒業した小学校のことを知ってたの？」

まさこは、ガラス瓶に入ったプリンの蓋《ふた》を開けた。

「飛行機をよく利用している人の名簿が回ってきて、そこには電話番号と年齢、住所しか載っていなかったんだけど、携帯の番号で検索したら、まさこさんのインスタにたどり着いたの。卒業した小学校が地域の清掃活動で表彰されたことがタウン誌に載ったとき、『私が卒業した学校です』って、タウン誌の記事をアップしたでしょう？あと、勤めている食品会社の話題もあったし、『バスが十分も遅れてる』と書いて、バス停の写真も載せていたことがあったから、それだけで、バスで帰宅していることも、大体の帰宅時間もわかったもの。顔半分だけど、パフェと一緒に写っていた自撮り写真もあったしね。私が言うのは気が引けるけど、もう少し気をつけたほうがいいと思う。電話番号やメールアドレスで検索されないようにする方法もあるから」

幸も塩プリンの蓋を開けた。表面に小さな塩の粒が載っている。

「私の情報なんか盗まれても困ることなんてないと思ってた。それに、インスタは向いてないと気づいてすぐにやめて、今は全然さわってなかったから。でも、これからは気を付けるね。まずは検索されないように設定する」

まさこは、美味しいね、と言いながら焦がし塩キャラメルのプリンを食べている。

幸も塩プリンをスプーンですくって食べてみた。とろとろの食感で、塩が自然の甘みを引き立てている。

「海をひとり占め、違った、ふたり占めね。なんだかすごく贅沢《ぜいたく》な気分」

まさこがしみじみとした口調で言った。

旅は、普段と違う景色を見ることができて、初めての体験や出会いがあり、美味しい発見もある。わかっていたはずなのに、出かける気力もなく、わくわくもしなくなっていた。

「まーちゃん、誘ってくれてありがとう」

思い切ってニックネームで呼んでみた。

恐ろしい現実を突きつけられたというのに、まさこと旅に出てから、まだ心の中に空洞ができていない。

「私こそ、付き合ってくれてありがとう。糸島に来てから、自分の進む道がはっきり見えた気がする」

まさこは、自分の言葉に何度も頷《うなず》いている。

前向きで、明るいまさこを見ていると、いつか一緒に、お客さんのための旅をコーディネートしたいと思ってしまう。

今の自分の気持ちを伝えたら、片桐と別れることになるだろうし、仕事もなくすだろう。貯金もほとんどない三十二歳の独身女性、という状況は何も変わっていないのに、そのことを確認しても、旅に出る前のような、身のおきどころのない不安は襲ってこなかった。

自分には、働ける体力があり、旅のコーディネートという、続けていきたい仕事も見つかっている。その仕事に関する資格もいくつか持っている。大手の旅行代理店で長年働いてきた実績もある。それに、明るくて、前向きな気持ちにしてくれる友達もできた。

ないものばかり並べていたが、あるものを探すと、まだ少し希望が残っている気がした。

梯子を下りて、プリンが入っていた瓶を返却する。記念に持って帰ろうかとも思ったが、リサイクルで使ってもらったほうがいいだろう。

プリン売り場の横に、またいちの塩が何種類か売られていた。おむすび用の塩が、ころんとしたガラス瓶に入っていてかわいい。

「プリン、美味《おい》しかったです。おむすび用の塩なんてあるんですね」

まさこが、丸いガラス瓶を手に取った。

「二種類の粒子の違う塩をブレンドしていて、お米の甘みを引き出すんです。うちの塩を使った、おむすび専門の美味しいゴハンヤもありますよ。よかったらどうぞ」

売店の人が笑顔で教えてくれたが、今朝、ふたつのおにぎりを胃の中に詰め込んできたばかりだ。胸が詰まったような気分になった。

「いいですね！」

幸の気持ちを知らず、まさこは、すっかり乗り気だ。

同意を求めるようにこちらを向いたので、幸は仕方なく頷いた。

教えられて行った店は、築百年を超えるという古民家で、凛《りん》とした佇《たたず》まいだった。

メニューを見ながら、羽釜《はがま》ごはんのおむすび定食と卵焼きを注文した。この店では「おむすび」と呼ぶようだが、幸には「おにぎり」のほうが、馴染《なじ》みがある。

しばらく待っていると、紅芯《こうしん》大根やタアサイ、アスパラ菜、カリフラワーなど、彩り鮮やかな糸島野菜のサラダが出てきた。教えてもらって初めて名前を知った野菜もあった。

テーブルの上には、オリーブオイルと、スモーク塩、炊塩《たきしお》、ハーブ塩が並んでいる。試しに、桜とリンゴのチップでじっくり燻《いぶ》したというスモーク塩を少量つけて食べると、口の中にふわっと香りが広がって、野菜の味を濃く感じた。

塩は、一緒に食べるものの甘みや旨《うま》みを引き出してくれ、香りを強く感じるようにもなるという。摂《と》りすぎはよくないけれど、苦手な雑味を消す効果もあるらしい。

それぞれの塩の特徴を味わいながら野菜サラダを食べ終わると、塩おむすびと具入りのおむすびが、おかずと一緒に運ばれてきた。

ふっくらしたおにぎりを両手で持つ。一口ほおばって、胸が熱くなった。

おにぎりって、こんなに美味しかったんだ……。

不安になって、空洞を埋めるように胃の中に押し込んでいたのは何だったのだろう。

涙がひとすじ流れて、慌ててぬぐう。

まさこは気づかないふりをしてくれた。

「最後の晩餐《ばんさん》はこれがいいな」

まさこは真剣な顔で言っている。

テーブルの上には、おにぎりと卵焼き、ふろふき大根、竹筒に入ったできたての豆腐、具沢山の味噌汁《みそしる》につけものが載っている。確かに、これ以上ないごちそうに思えた。

食べ終わると、あたりは薄暗くなっていた。

――福岡県の糸島にきています。美味しいおむすび用の塩を買ったので、明日《あした》、帰りに寄ってもいいですか。

半年ぶりに母にLINEを打った。家を出てから距離ができて、どうしても敬語になってしまう。

既読になったのに、返事はこなかった。

母は今も、保険の外交員としてばりばり働いている。仕事中で返事が打てないのかもしれない。

しかし、朝になっても母からの返事は届かなかった。

ホテルの朝食を食べ、まさことふたりで、十代に戻ったように、はしゃぎながら糸島を回った。「芥屋《けや》の大門《おおと》」の洞窟《どうくつ》を探検できる遊覧船に乗ったり、パワースポットを巡ったり、初めて牡蠣《かき》小屋に行き、ぷりぷりの焼き牡蠣を食べたりもした。パンフレットに使えそうな写真もたくさん撮ることができた。

まさことといると楽しくて、東京で待ち構えているさまざまなことを忘れそうになる。

帰りの飛行機は、並びの席を取ったのに、ふたりとも疲れて寝てしまい、話ができなかった。

幸はときどき薄目を開けて、まさこの寝顔を見て、また安心して目を閉じた。

片桐と話し合った結果を報告すると約束して、LINEの交換もしている。「何かあったら私が助けに行くから」とまさこが言ってくれたので、もう怖いものはない。

空港に着いてまさこと別れると、ポロンとLINEの音がした。

——待ってます。

母からだった。

この一言を打つのに、これだけの時間が必要だったのだと思うと、申し訳なさでいっぱいになる。

家を出るときに母に投げかけた、自分勝手な言葉がいくつも思い出された。

それでも、受け入れてくれるのか。

——羽田に着きました。今から電車で向かいます。

返事を打つと、またポロンと鳴った。

おにぎりを持ってにっこり笑っているペンギンのスタンプだった。

久しぶりに、母が作ったおにぎりが食べられるのかもしれない。

もう一度花の下で

篠田真由美

篠田真由美（しのだ・まゆみ）

東京都生まれ。一九九一年『琥珀の城の殺人』が第二回鮎川哲也賞の最終候補となり、翌年、東京創元社より刊行されデビュー。『未明の家』に始まる「建築探偵桜井京介の事件簿」はベストセラーに。主な著書に「龍の黙示録」「イヴルズ・ゲート」「レディ・ヴィクトリア」など。

二〇一八年五月、わたしは箱館《はこだて》にいた。

この街を訪れるのは初めてだった。

晴れているが陽射しは柔らかく、スプリングコート一枚でそぞろ歩くには快適な季候。東京では一ヶ月以上前に散ったソメイヨシノが、まだここでは満開だ。来年が卒業の大学は休みではなく、抜けられないゼミもあればバイトのシフトも決まっている。そこをどうにかやりくりして二日空けた。今朝早くの便で羽田《はねだ》から到着し、今夜一泊して明日の夜の便で帰る。気ままな独り旅が趣味のわたしなら、普通はまず選ばない慌ただしすぎる日程だ。それが大学最後の一年が始まったばかりの時期に、かなりの無理をして出かけてきたのには少々理由がある。ただそのわけの中身というのが、わたし自身にもよくわからない、それこそ雲を掴《つか》むようなもので、逆にだからこそ気がかりで放り出してしまうこともできなかったのだ。

空港からのシャトルバスはＪＲの駅前に止まる。わずかな荷物をコインロッカーに入れると、一日乗車券を買って市電に乗った。箱館の市電は現在二系統だけが残されていて、東の終点は『湯《ゆ》の川《かわ》』、西は『どつく前《まえ》』、途中『十字街《じゅうじがい》』で分岐して、南端

『谷地頭《やちがしら》』で終着になる。『湯の川』行きに乗って最初に降りたのは、駅から数えて十番目の電停、『柏木町《かしわぎちょう》』だった。

わたしはいま杉並《すぎなみ》区の一軒家にひとりで暮らしている。父は三年前、六十歳で勤めていた商社を早期退職し、夫婦揃ってタイのチェンマイに移住してしまった。自宅の後始末もろくにしないまま、すべてを押しつけていったのだから迷惑この上ないが、それはさておき、その家に先月届いた宅配便の、宛名《あてな》は間違いなく『森住《もりずみ》美南《みなみ》様』とわたしの名だが、品名は『ご卒業祝い』、差出人は新潟《にいがた》市の住所で『新庄《しんじょう》』とだけ記されていた。その姓にも住所にも記憶はなかった。

大学卒業は来年だが、それは志望校に滑って一年浪人したからで、つまりわたしの歳は承知しているが、浪人したことは知らない人が送ってきたのだろうとは推測できる。つきあいの薄くなった両親の知人か親戚《しんせき》というところだろう。無論親たちには、メールでも電話でも連絡は簡単につくのだが、先に包装を解いて中を見てしまったわたしは、現れたものを前にして思い迷わぬわけにはいかなかった。出てきたのは色褪《いろあ》せた紺のビロード張りのがっちりした木箱で、銀の小さなスプーンが六本、真珠色のサテンの窪《くぼ》みに並んでいる。箱の蓋《ふた》の内側には『絵美子《えみこ》＊三歳』の文字。一目見て記憶はよみがえった。これは亡くなった祖母が持っていたものなのだ。

以前、この自宅から子どもの足でも数分とかからないところに、父方の祖母の住む家があって、当時は母も都心で店を経営していたので、わたしは小学校から祖母の元に帰り、夕刻母が迎えに来るまで過ごす毎日を送っていた。祖母の家はこぢんまりとした、しかし洒落《しゃれ》た雰囲気の洋館で、低い生け垣に囲まれた庭には通いの庭師が手入れする見事な薔薇《ばら》の花壇があった。祖母は窓が大きく陽当たりの良い居間で、西洋の貴婦人のように身ぎれいに装って暮らしていたが、生活全般すべてにわたって、許せることと許せないことの区別がきっぱりとある人だった。孫のわたしにも、機嫌が良いときには笑顔も見せたが、マナーやことばづかいが彼女の神経に障れば容赦なく叱《しっ》責《せき》された。息子である父も「かあさんはぼくは苦手だ」といって、めったに顔を合わせようとしない。母も内心は同感だったようで、わたしを毎日祖母の元に行かせるのは、不義理の埋め合わせの意味もあったらしい。祖母がそれを喜んでいたかどうかはわからないが。

そして祖母が亡くなったのは十年以上も前のことで、当時を思い出すことなどここ久しくなかったのだが、スプーンの箱を見た途端、記憶はひどくなまなましく立ち上がってきて、わたしの胸をざわつかせた。なぜならそれはわたしの中で、祖母の死と分かちがたく結びついていたからだ。

絵美子というのは三歳で病死した父のふたごのきょうだい、生きていればわたしの叔母《おば》にあたる人で、銀のスプーンセットはその誕生日祝いに贈られた品だった。娘の死後も祖母が大切に持ち続けていたそれを、どんな状況で目にすることになったかまでは思い出せない。だが当時九歳のわたしは、一目見た途端それが欲しくなってしまった。そんなわたしの気持ちは、隠しようもなく顔に出ていたのだろう。「おまえがお嫁に行くときは、もっといいスプーンを贈ってあげるよ」と祖母はいったけれど、遠すぎる未来の約束では、胸に湧き上がった灼《や》けつくような欲求は抑えられなかった。いま目の前にある銀のスプーンの、しっとりとした輝き、手に快い重みとなめらかな手触りの、なんと蠱惑《こわく》的なことか。普段はあまり物を欲しがらない子どもだったのに、なぜかこれだけは諦《あきら》められなかった。これが欲しい。いま欲しい。このスプーンが。

数日後、わたしは箱からスプーンの一本を持ち出してポケットに入れた。盗むわけではない、借りるだけ。明日また来たら戻しておけばいい。だがその晩、祖母は急病で倒れて病院に運ばれ、家に帰ることなく数ヶ月後に亡くなった。お手伝いさんとふたり暮らしの家は取り壊され、土地は売られた。スプーンの箱はお手伝いさんが、形見分けにもらっていったと母から聞いた。自分のしたことが露見せずに済んだのにわたしは安堵《あんど》し、同時に償えない罪の苦さを覚え、しかしやがてそれも忘れていた。いままで。

ならばこの箱を送ってきた新庄というのは、あのお手伝いさんだということになる。しかし目の前の箱には、銀のスプーンが六本ちゃんと揃って並んでいる。わたしが持ち出した、あれは？　あわてて自室のクローゼットを搔《か》き回し、子ども時代のガラクタを入れた箱の底からハンカチをグルグルに巻きつけたそれを見つけ出した。丸みを帯びた柄の部分の先に、小さな薔薇が花束のようにみっしり浮き彫りになっている意匠も記憶にあるままだ。すっかり鉛色に黒ずんだそれと較《くら》べて、送られてきた箱に並ぶスプーンは対照的にきれいな銀色を保っている。意匠も同じ薔薇の花のスプーンが七本——

だが注意深く目を凝らせば、同じではなかった。中の一本、右端のひとつだけ浮き彫りの様子が違う。少し粗いし、手触りも光り方にも差がある。セットをもらったつもりでいたのに、箱を開けたら一本足りなくて、見栄えが悪いから後でよく似たスプーンを一本買い足したわけか。でも、もらっていく前に一度も箱を開けなかったとは考えにくいし、それをいまわたしのところに送ってきた理由は、さらに理解し難い。

包みの中に手紙はなかった。その代わり奇妙な図とも模様ともつかない紙が一枚、封筒に入れて同封されていて、封筒の表には『森住美南様』、裏には一文字『笑』とだけ。それを見て思い出した。祖母と暮らしていたお手伝いさんは、新庄とはいわなかった。いや、もしかしたらそういう姓だったのかも知れないが、祖母はそうは呼んでいなかった。祖母は彼女を「ワラエ」と呼んだ。だからわたしも、変わった名だとかどういう字かということは考えず、「ワラエさん」と呼んでいた。

色の白い、背の高い、鼻筋のきりっと通ったとても美しい人で、染めていないのに髪は明るい栗色で眸《ひとみ》の色も淡い、西欧人の血が入っていたとしても不思議はない容貌《ようぼう》だった。だとしたらワラエというのも、そちらの名の訛《なま》りなのかも知れない。歳は母と同じくらいだったろうか。わたしは彼女がとても好きで、祖母の家へも半分はワラエさんに遊んでもらいに行っていたようなものだ。料理も上手なら菓子作りの腕もプロ級で、絵心があったから、せがむと水彩でわたしの好きなマンガの似顔絵を描いてくれた。端切れと余り毛糸でお人形を作ってもらったり、少し大きくなってからは本を借りたこともある。

封筒に入っていたA4の紙には右から左へ、上がり下がりする山形の黒い折れ線グラフのような線が描かれ、後はそれと交差して上から下へ、軽く波打つ曲線が一本、その横に五つの突起のある星形がひとつ、それらの線のそばに散った点が全部で七つ。その点にはギリシャ文字が、α《アルファ》からη《エータ》まで振られている。

星座の星には原則として、明るい順にギリシャのアルファベットが振られる。そんな知識がわたしにあったのは、ワラエさんから借りた本の中に出てきたからだ。アルセーヌ・ルパンの『奇巌城《きがんじょう》』。北斗七星の柄杓《ひしゃく》形をたどっていくと、隠された宝物の在処《ありか》がわかる。送られてきた図に描かれた七つの点を結んでみても、柄杓にも北斗七星にもまったく見えなかったけれど、ワラエさんもあの本のことを覚えていて、こんな図を送ってきたのかも知れない。でもその先は見当もつかない。

ヒントらしいものが手に入ったのはまったくの偶然だった。このスプーンがどういう品で値段はどれくらいするものなのか教えてもらえないだろうかと、似たような品が店内に置かれているのを見かけた、商店街の埃《ほこり》っぽく薄暗い骨董《こっとう》店を訪ねた。白髪の老女店主は愛想笑いもしなかったが、「よろしゅうございます。承《うけたまわ》りましょう」と答えて箱を開き、スプーンの裏の刻印を拡大鏡で丁寧に確認すると、「とてもいいものですね」と明快な口調で答えた。

「イギリス、ロンドン製のスターリングシルヴァ、つまり純銀製品です。年記は一九五五年。工房のイニシャルまでは専門のカタログを当たらないとわかりませんが、この一本だけは別」

わたしが少し違うと感じたそれを指さして、

「同じイギリス製でもこれはシルヴァプレート、いわゆる銀メッキです」

「新しいのですか？」

「メッキ製品の場合、刻印の基準が決まっていないので正確なことはわかりかねます。使われていたようで傷もありますね。値段は当然スターリングシルヴァの方が高価です」

と、だいたい予想していた通りの答えが返ってきたが、バッグに箱を戻そうとした

とき手元から床に落ちたあの奇妙な線の図を一瞥《いちべつ》して、彼女は「地図ですか」とつぶやいたのだ。そして、

「これって地図ですか？」

鸚鵡《おうむ》返《がえ》しに尋ねたわたしに、

「わたくしには、箱館の地図に見えますね」

という。

「箱館って、でも地名ひとつ描いてないのになぜわかるんですか？」

彼女はちょっと呆《あき》れたように目を見張って、図の中の星形を指さした。

「だってこんな形をしたものは、少なくとも日本にはひとつしかありゃしませんもの」

「はあ――」

「幕末に作られた西洋式の、星形の堀に囲まれた、五稜郭《ごりょうかく》でしょう？」

そうしてわたしはいま、箱館にいる。ガイドブックの地図と送られてきた図を見比べ、縮尺を合わせ星形と五稜郭の位置を重ねると、なるほど図を横切る黒い折れ線は市内を走る路面電車の路線に相違ない。折れ線上の黒点は電停の位置。そして線の南にあるα点に一番近いのがこの『柏木町』の電停だった。

箱館といっても、観光地として知られる箱館山やベイエリアとは遠く離れている。

道幅は広く、ビルが多く建つ駅前などと較べて高い建物はほとんどない、妙にがらんとした街だ。市電通りから南に向かい、平行する直線道路が何本となく走っているが、送られてきた図には通りまでは描かれていないから、ガイドブックの地図と見比べても赤い点の位置はおおよその見当しかつかない。そもそもなにを探せばいいのかもわからない。たったこれだけの手がかりで、なにかがわかるかも知れないとこんなところまでやってくるなんて、どうかしていたんじゃないだろうか。市電を降りて歩き出しながら、わたしはもう後悔し始めていた。通りの入り口で、満開の桜並木を目にするまで。

花に惹《ひ》かれるように、わたしはその通りを進み始めた。住宅街を貫くそれほど広くはない通りの左右に立つのは、すべてソメイヨシノの樹だった。街路樹と呼ぶには堂々とした大木だが、東京の上野《うえの》や飛鳥山《あすかやま》、桜の名所といわれるところの樹々と較べればまだ若く、その分勢いがあるのだろう。桜はさえぎるものもなく思い切り伸び広がり、花に埋もれた枝を左右から差し掛けて、頭上に薄紅色のトンネルを作っていた。

父は桜が大好きで、両親と住んでいたときは毎年必ず一家で、重箱に詰めたご馳走《ちそう》に飲み物、レジャーシートを担いでお花見に出かけたものだ。忙しい父がわたしと遊んでくれるのはそんなときくらいだったが、父の子ども時代、祖母は仕事仕事でろくにかまってくれず、よその家の花見が羨《うらや》ましくてならなかったのだと、これは毎年桜の下で決まって父が繰り返した話だ。

夫と別れた祖母は、六十歳まで父親が創業した食品輸入の会社の社長を務めていたそうだから、実際忙しかったには違いない。だが祖母の家の庭の隅には、かなり太い桜の伐《き》り株が残っていて、わたしが尋ねると「桜は嫌い」とにべもない切り口上が返ってきたものだ。まったく実の親子で、気が合わないにもほどがある。父母が日本を離れてしまって以来、わたしもなにかと忙しい春は、わざわざ意識して花見をすることもなくなっていたのだが、こんなふうに自分の家の前が桜並木だったら、このあたりの住人はさぞかし春が待ち遠しいのではないだろうか。

桜並木を仰ぎながらぼんやり運んでいた足が止まったのは、コーヒーの香りを嗅《か》いだからだった。飲食店などなさそうな住宅街なのに、とあたりを見回すと、ひときわ大きな桜の樹の下に一軒のガラス窓の広い邸宅がある。鉄平石《てっぺいせき》を積んだ低い門柱に《茶房《さぼう》　櫻の下《さくらのした》》という木のプレートがあり、階段を三段上がったところにあるガラス張りのドアには『open』のプレートがかかる。喫茶店なのだ。しかしわたしはまじまじと、その建物を見つめずにはいられなかった。その家はどことなく、いまはない祖母の家に似ているように思われたのだ。

子どもの記憶などあまり当てにはならない。それでも似ている気がするのは、生け垣と前庭に囲まれた道路から少し高いところに建っているそのたたずまいと、外まで漂っているコーヒーの香りのためではなかったか。祖母が父親から継いだ会社で扱っていた輸入食品の大半はコーヒー豆で、そのためか祖母はコーヒー党だった。戦後、まだ十代のときに、存命だった父親とコーヒーの産地、中南米まで行ったこともあるという。自宅では子どもには刺激が強すぎると、インスタントコーヒーすら飲ませてもらえなかったが、祖母の家では「一日に一杯なら毒にはならないよ」と許してもらえた。祖母を訪ねる楽しみのひとつは確実に、ワラエさんが焼いた焼き菓子と一緒に味わうコーヒーだった。親からは禁じられているというのも、大きな魅力だったのはいうまでもない。

祖母は生の豆を取り寄せて自分好みに焙煎《ばいせん》し、コーヒーを淹《い》れていた。いや、正確にはワラエさんがそれをしていた。本当になんでもできる人だった。地図の赤点aが示しているのがこの《茶房　櫻の下》だとしたら、これがワラエさんのお店で、わたしに来て欲しいということなのだろうか。でもそれなら手紙にはっきり書いてくれればいい。考えれば考えるほどなんだか不安になってくる。しかし、ここでためらっていても仕方がない。わたしは階段を上がって、表のドアを押した。

店ではなく普通のお宅のような、という印象は中に入っても変わらなかった。木の床にゆったりと配置された椅子とテーブル、壁際の黒い薪《まき》ストーブ、メインの部屋の横の別室には、壁に向かったカウンターのひとり席もある。クリーム色の壁にはヨーロッパの風景を描いた水彩画が何枚も飾られ、花を生けたガラスの壺《つぼ》や海外の民芸品風の小さな人形といったものが、うるさくない程度に置かれているのも、趣味のいい人の住まいを訪ねたような気持ちにさせてくれる。入り口近くの席では、コーヒーカップを手にしたグレイヘアの男性と、焦げ茶のエプロンをつけた中年の男性が声低くことばを交わしていた。「寺山《てらやま》が」「三島《みしま》が」といった名前が耳に入り、店主と常連が文学談義をしているようだ。

「いらっしゃいませ」の声に迎えられて店内を見回す。他に客はいない。奥には厨房《ちゅうぼう》のカウンターが開いているが、人影は見えない。どこでもお好きなお席にといわれて迷ったが、別室のカウンター席に座った。目の前にはパリのノートルダム寺院を描いた絵がかかっている。鉛筆のスケッチに淡彩を加えた水彩画で、プロの作品のようには見えないけれど描き慣れた筆遣いだ。もしかしたらワラエさんの筆ではないかと、見分けられないのは承知でじっと見つめてしまう。

ブレンドを頼んでから、水のコップをずらし、ガイドブックと並べてあの送られてきた地図を広げた。ここでワラエさんがわたしの前に現れなくても、わたしをこの店に来させるのが彼女の意図したことなら、これを見た店の人がなんらかの反応を示してもいい。それから落ち着かない気分で椅子にかけたまま、身体を巡らせて店内をもう一度見回して、ふっと息を止めた。焦げ茶色をしたカウンターの一番端、ガラスの花瓶の横に身を隠すようにして、小さなこけしのようなものが置かれていた。こちらを向いたその顔が、昔ワラエさんが作ってくれたお人形とよく似ていた。

　黒い毛糸の髪をおかっぱにして、肌色の布の顔に絵の具で描いた目をキョトンと見開いたそのお人形を、わたしは「ナミちゃん」と呼んでいた。自分の美南という名前からつけた名だ。椅子から腰を浮かして手を伸ばし、そっと持ち上げてみる。大きさは五センチほどのそれは、ナミちゃんと違ってぬいぐるみではなく、とても軽かったが木製だろうか。胴のふくらんだ小さなボウリングのピンに似た形をしていて、全体は明るいピンク色に塗られ、おかっぱの丸い目をした女の子の顔が描かれている。その目の描き方が、ワラエさんが作ってくれたナミちゃんなのだ。そのとき、後ろから声がした。

「そのマトリョーシカ、やっぱりあなたのでしたか」

　振り向くとさっきのエプロンの男性が、わたしの席にコーヒーカップを置きながらこちらを見ていた。それにしてもことばの意味がわからなくて、「なんですか？」と聞き返してしまう。

「マトリョーシカ。ご存じありませんか？　ロシアの民芸品、といっても歴史はそう古くはないそうですが」

「あ、はい。それはわかります。でも、わたしのっていうのは」

「その地図を持ってやってくる女性がいたら、きっとこのマトリョーシカに気がつくはずだから、そうしたら渡してあげて欲しいと頼まれました。どうぞお持ち下さい」

無論わたしは、頼まれたってだれからですかと聞き返した。しかしその人はニコニコ笑いながら、「それは私が申し上げることではありませんから」という。なにかゲームのようなことをしている、とでも思われたらしい。確かに、一方的に仕掛けられたゲームといえないこともない。そしてまさかここで、自分でもよくわかっていない、箱館までやってきた事情をべらべらしゃべるわけにもいかず、わたしは曖昧《あいまい》な笑いを返して引き下がるしかなかった。ただ助かったのは彼が送られてきた地図を指さして、「次は《ナツイカフェ》さんですね」といったことで、

「このβ《ベータ》ですか？」

「『五稜郭公園前』の電停で降りて、太い十字路を北へ上がると、一キロほどで川に出ます。川沿いを少し歩くとすぐ見つかります。ちょっと変わった建物ですから」

「喫茶店なんですね？」

「ええ。この街には、よく知られた珈琲《コーヒー》専門店が多いんですよ。北海道で一番最初に喫茶店ができたのは箱館ですし」

聞いた通りの道順で歩くと、その店はすぐ見つかった。地図に川の線が描かれてい

たのは、それがないと場所がわかりにくいからだろう。そしてその《ナツイカフェ》は確かに二階全体が宙に浮いたように見える風変わりな建物で、しかしそれ以上にわたしを驚かせたのは店に上がる外階段の周囲に、決して広くはないけれど花壇が作られて、階段を包むように色も種類も様々の薔薇《ばら》が咲き乱れていることだった。そして薔薇を見れば、わたしは祖母を思い出さずにはいられない。「桜は嫌い、薔薇が好き」という祖母の家の花壇は、花の季節には遠くからも見物人が集まるくらい見事なものだったが、美しい花と鋭いトゲが「おばあちゃんみたい」と子ども心に思っていたからだ。

いつだったか父の口から「あの人は見合いでもらった入り婿、俺の親父を追い出して、自分が社長に就任しちゃったんだ。浮気したってことだから、無論親父も悪かったんだが」という話が出て、母が横からあわてておたしに「お義母《かあ》さんの前で絶対そんなことをいっては駄目よ」と口止めしたのを覚えている。祖父の写真は我が家の仏壇に置かれていたから、顔だけは知っていた。モーニングコートにシルクハットを片手で持ち、いかにもおとなしやかな細面に、口の周りをぐるりと囲む髭《ひげ》があまり似合わなかった。祖母の家には大小の写真立てを並べた飾り棚があって、そこには娘時代の祖母の裾《すそ》の長いドレスを着た肖像や、レエスのベビー服にくるまれたふたりの赤ん坊（父と幼くして亡くなった絵美子）の姿はあったが、祖父の写真はなく、祖母の口から彼の名が出ることもついぞなかった。

階段を上がって店内に入ると、椅子やテーブルは華やかなロココ風で、天井からは洗練されたデザインのシャンデリアが下がり、使われているカップやポットも白磁にピンクの薔薇を散らしたロココ風意匠で、これもやはり祖母の好みだ。「自分が好きでないもの、許せないものはひとつもそばに置かないの」というのが、祖母の口癖だったが、それならワラエさんという人も祖母が好きなものだったのだろうか。

朝起きてから夜寝るまで、洗面から着替え、食事、入浴、ワラエさんなしでは済まない暮らし方なのに、しかしその彼女に対して祖母はかなりきつく当たることがあったらしい。そしていまにして思えば、単なるお手伝いさんだったというにしては、彼女は祖母に対してあまりにも献身的だった。一日二十四時間拘束されて、まとまった休みもなく、ひたすら毎日気難しい老女の世話に明け暮れた。祖母が会社の経営から手を退《ひ》く以前から、とは聞いた覚えがあるから、二十年以上もの間そうして仕え続けたのだ。そして祖母が死ぬと姿を消した。どこへ？　ワラエさんの素性、家族とか身の上といったことを、わたしは少しも知らない。

チェンマイにいる母に電話して、「ワラエさんってどういう人だったの？」と尋ねればいいだけのことだったかも知れない。だが当然母は「今頃になってなぜそんなことを？」と尋ね返すだろうし、そうなればわたしは昔のスプーン持ち出しのことから告白する羽目になる。短い話では済まないし、祖母の死にも触れないわけにはいかない。それはなんとも気が重く、結局なにも聞かないまま、こうして箱館までやってきたわけだが。

砂糖もミルクも要らない、口当たりやわらかなコーヒーを味わいながら、わたしはぼんやりと思いを巡らす。あのスプーンを贈られた父の妹、三歳で死んだ絵美子。覚えているのは祖母の家にあった幾枚かの写真だけだが、祖母はその亡くした娘のことをずっと嘆き続けていたらしい。わたしが生まれたとき祖母は、子どもの名前を絵美子にしろとかなり強引に主張し、「うちの娘は死んだ子どもの生まれ変わりじゃない。あなたの勝手な感傷を押しつけるのは止めて下さい」と父が切れて、しかし祖母も譲らず大喧嘩《おおげんか》になったとも聞いた。

わたしの美南という名はその喧嘩の結果の、祖母の名南絵《なみえ》から一字、そして絵美子からも一字もらってできた、いわば妥協の産物なのだ。決して嫌いな名前ではないからそれはちっともかまわないのだけれど、そんなことにも祖母のこだわりの強さがうかがえる。かくまでもかたくなな主《あるじ》、実の息子にも嫁にも敬遠された祖母に、ワラエさんはどうして堪忍袋の緒も切らず、最後まで奉仕することができたのだろう。

子ども心にも、祖母とワラエさん、ふたりの関係を少し奇妙に思った記憶はある。祖母はいつでもワラエさんには命令口調で、気に入らないことがあるとわたしの前でも強いことばで叱りつけた。トゲだらけのわがままな女王様のように。そしてワラエさんは決して言い返さず、従順にそのことばを聞き、責められれば自分にはなんの責任もないことでも、「申し訳ございません」と頭を下げた。見ていてなんだか少し怖かった。子どもの記憶に残るくらいそんなことがあったのだから、ふたりきりのときは違ったとは考えにくい。あのワラエさんなら、他にもっといい仕事の口が見つからなかったとは思えないのに。

ふたつ目のマトリョーシカは、やはりここの店内に置かれていた。わたしがテーブルの上に地図とピンク色のマトリョーシカを置いていると、水のコップを換えにきてくれた中年の女性が、さりげなく視線を壁際に動かした。わたしは立っていって、ためらいながらそれを手に取った。色は紺色、北国の海の色だろうか。それを背に立っている栗色の髪の長い少女。ワラエさん自身の姿のようだ。わたしが知っているよりずっと若い彼女。笑ってはいない。唇を引き結んで大きく目を見張っている。

尋ねるとほとんど同じことばが返ってきた。その地図を持って訪ねてくる女性に、渡してあげて欲しいと頼まれました。いえ、だれかというのはいえないんですよ。このお店の常連の方なんでしょう? ええまあ、そうですね。ピンク色の「ナミちゃん」はその中にすっぽり収まった。

三軒目、γ《ガンマ》はJRの駅からも近い《ミスズ珈琲《コーヒー》》だった。ガラス張りの新しい店舗だけれど、北海道では最古参の老舗だという。店頭には昔使われていた焙煎機が展示されていて、いまも豆を買う客は注文した生豆が焙煎されるのを店内でゆっくり待つのだ。機械の回転をぼんやり眺めながら、幕末の味を再現したという、苦みの強い箱館クラシックブレンドを、少しだけ砂糖を入れて飲んだ。豆を煎《い》る匂いはわたしには親しかった。「あたしはコーヒーを毎日飲んでいるから長生きなんだよ」というのも祖母の決まり文句だったから、わたしが子どものときからコーヒー好きになったのもその刷り込みの結果かも知れない。もっともその祖母は七十で逝ってしまったので、長生きしたというには微妙だけれど。

ここのマトリョーシカは、レジの横にわりと無造作に置かれていた。尋ねると「欲しいという人があったらあげていいと聞いています」と、あっさりいわれた。柔らかなカフェオレ色に塗られて、描かれているのはたぶん三人家族。お父さん、お母さん、小さな女の子。お母さんの髪は黄色で、一番大きく描かれたお父さんは口の周りをぐるっと取り囲む髭がある。仏壇の写真の祖父の髭だ。けれど隣に立つ女性は祖母ではない。小さな女の子は三歳よりは明らかに大きい。

ならばこのマトリョーシカに描かれている三人は、祖母と別れて別の女性と再婚した祖父とその娘、ということにならないか。でもなんだってワラエさんが、そんな一家の姿をここに描いて、わたしに見つけさせようとするのだろう。それともうひとつ思い出したこと。仏壇の写真の裏には、『森住健　昭和四十一年　享年四十一歳』と書かれていた。祖父は祖母と結婚したとき森住の姓になったというのだから、写真裏の文字が正しいとしたら祖父母は離婚してはいなかったということになる。少なくとも戸籍上は。

再び市電に乗って、『十字街』で『谷地頭』行きに乗り換える。一つ目の電停『宝《ほう》来町《らいちょう》』近くに四軒目、δ《デルタ》で示された《ヒシイ》があった。黒漆喰《しっくい》の蔵をリノベーションした建物の中は、一部が吹き抜けの二階になっている。そこで見つけたマトリョーシカは、七つのギリシャ・アルファベットから連想したあの小説、『奇巌城』をそのまま、海の中に屹立《きつりつ》する岩、空には柄杓《ひしゃく》形の北斗七星、そして下の方に一冊の本に顔を並べて見入っている、女の人と女の子が小さく描かれていた。これはきっとわたしとワラエさんだ。本はポプラ社の『怪盗ルパン全集』の第一巻だ。

わたしたちが楽しそうにその話をするのを、なんだかつまらなそうな顔で聞いていた祖母が、「いい大人が、そんな子どもの本を」と馬鹿にしたような笑い方をしたのを思い出す。いつも祖母には丁重すぎるくらいのワラエさんが、そのときは妙にきっぱりと「大切な人からもらった大事な本です」と言い返した。そして祖母はそれ以上なにもいわなかった。

《ヒシイ》ではコーヒー・ゼリーを頼んだけれど、いくらコーヒー好きのわたしでも、一日に四軒喫茶店を回ればさすがに充分という気になる。それに後の三軒は西部地区にまとまっているから、半日あれば余裕で回れるはず。ホテルで改めて、ガイドブックと送られてきた地図を並べる。二軒はガイドに載っていた。五番目のε《エプシロン》は《三日《みか》月《づき》Ｃａｆｅ》、七番目のηは、海に沈む夕日が眺められるのが売りになっているらしい《もりえ》。六番目のζ《ゼータ》はどのガイドブックを見ても、ネットで検索してみても記載がなかった。けれどわたしは、ワラエさんが待っているとしたらここではないか、と予測していた。

　それはあの小説『奇巌城』のためだ。北斗七星のζのそばにはアルコルという暗い星があって、昔視力検査に使われた。地上にあった七つの修道院から集められた宝物は、ζ星の近くのアルコルの位置に隠されていた、というのが物語の謎解きになる。柄杓の形はしていないけど、ギリシャ・アルファベットを振った七つの点を見たら、『奇巌城』を思い出してアルコルに連想を巡らせると、ワラエさんなら予測できたろう。

　喫茶店を順に回る内に子ども時代のあれこれを思い出したわたしが、最後に彼女のところにたどりつく。そういう計画だろうか。いつわたしが箱館までやってくるかはわからないのだから、最終地点はワラエさん自身のお店か、住まいということになる。

ただなんのために、彼女がそんな面倒なプランを立てたのかがやっぱりわからない。わたしになにか伝えたいことやして欲しいことがあるなら、こちらの住所はわかっているのだし、手紙にしてくれればよかったろうに。

重たい思いをして持ってきたが、このスプーンの箱の意味もわからない。祖母が急逝した直後は、自分がスプーンを持ち出したことが祖母の命を縮めたのではないか、そんなことまで考えてしまい、恐ろしくて母にもなにもいえなかった。そんな罪の意識のせいで、わたしは祖母にまつわるいろいろなことを頭から追いやってしまったのかも知れない。持ち出したスプーンを、ガラクタ箱の底に押しこんでいたのと同様に。

あの商店街の骨董《こっとう》店の女主人に、わたしは尋ねた。

「セットが欠けていたら、値打ちは下がりますか。だからメッキでも、似たデザインのものをここに入れたんでしょうか」

「値打ち、ということばの意味にもよりますでしょう。いずれにせよ、素人目にも違いはわかります。そういうことではありますまい」

「では、なぜでしょう」

「気持ち、でしょうかね」

そういわれてもますます釈然としない。

「気持ちっていっても、だれのです？」

けれどその人はわたしの問いには答えず、スプーンの箱を手のひらで撫《な》でるようにふれながらつぶやいた。

「満たされるべきものが欠けているというのは、悲しいものです。人にとっても、ものにとっても。だから無理は承知で、なにかでその欠けを満たさずにはいられない。そんなことをしても救いにはならないとわかっていて、それでもそうせずにはいられないことがあるものなのですよ」


コーヒーを飲みすぎたからというわけでもないだろうが、その晩は妙に寝苦しく、眠ったと思えば夢を見た。夢の中ではわたしが祖母だった。まだ若い、写真で見た娘時代のドレスを着て、大声でなじっている相手は祖父だ。仏壇の写真が等身大になって宙に浮かんでいて、殴りかかると頼りなくふらふらと揺れる。まるで手応《てごた》えがない。それでわたし＝祖母はますます怒り狂う。

どうやらわたしは、あんたのせいで絵美子が死んだと夫を責めているようなのだ。あんたが悪い、あんたが絵美子を奪った。絵美子の熱に気がつかずに、家を離れて女と会っていたあんたが。写真の祖父は逆らわない。写真がふたつに折れて頭を下げ、すまないすまないという。でもいくら謝られたところで、死んだ娘は戻らない。別れてくれと祖父はいう。私はおまえの夫には向かない無能な男だ。私を森住から追放してくれ。

いいえ、別れないとわたしはいう。別れたらあんたは自由になる。そして浮気相手のあの女と結婚する。まっぴらだ。だれが別れてやるものか。自由になんかしてやらない。あんたにはなにもやらない。出て行け。いますぐあたしの前から消えろ。でも、籍は抜かない。あんたは死ぬまで森住健《たける》だ。あの女とくっついても結婚はできない。子どもが生まれれば私生児だ。ざまをみろ。苦しめ。あたしが苦しんだ分、死ぬまで苦しめ。

傷ついた獣が呻《うめ》くかのような、嗚咽《おえつ》の声が伝わってくる。祖母が地に身を投げて泣いている。両手で地面を掻《か》きむしり身体を打ちつける。夫であった男を呪詛《じゅそ》しながら。彼女の下にあるのは木の伐《き》り株。東京の祖母の家は、新婚の夫婦のために建てられたものだった。夫は地所の隅にあった桜が気に入ったと笑った。この家なら毎年、家に居るまま花見ができるなと。彼がその家を去ったとき、祖母は真っ先にその桜を伐り倒させた。

（嘘つき嘘つき嘘つき！）

祖母の心の叫びがわたしを貫く。

（桜は咲いたのにあんたはあたしを捨てた。離婚しなくてもいい、もうここには暮らせないと、後も見ないで出て行った。あたしに愛想を尽かして。あたしを裏切ったのはあんたなのに、どうしてあたしの方がこんなに苦しまなければならないの！）

（あたしはあんたを憎む。あんたを憎む。死ぬまで憎んで呪ってやる！）

ふっと場面が変わる。祖母の前に再び彼が現れる。写真のまま、でもずいぶんぼろぼろになって皺《しわ》だらけの写真だ。あれから何年も時が過ぎて、わたし＝祖母も歳を取っているらしい。

「久し振りね。なにか用？」

かけた声は以前と違って穏やかだ。しかし、彼はいう。

「実は、娘が生まれるんだ」

祖母は震える手を、相手には見せぬようぐっと握りしめたまま答える。

「おめでとう、とてもいって欲しいの？」

声にとげとげしい、皮肉の調子が出るのは抑えられない。

「その娘に、エミコという名をつけようと思う」

わたし＝祖母は唖然《あぜん》とし、そういう彼をまじまじと見つめる。

「なん、ですって？……」

「絵美子が生まれたとき、私がイギリスから取り寄せた銀のスプーンがあったね。あれがまだあったら、もうじき生まれてくるエミコにやってもらえないか。死んだ絵美子の供養だと思って」

この男はいったいなにをいっているのだろう、と思った。あたしが怒ればへこへこと頭を下げるしか能の無い小心者のくせに、ぬけぬけとそんなことをいう。そのことばをあたしがなんと感じるか、想像するだけの心もない。失せろ！　という叫びは実際に祖母の口から放たれたのか。夫と呼んだ男の身勝手な鈍感さに、もはや返すべきことばもなかったのか。

(なんてやつ、なんてやつ。どれだけあたしを苦しめれば気が済むの！)

そこで夢は断ち切れ、目が開いた。開いた目に映ったのは暗いホテルの天井だ。けれどたったいままで見ていた夢は、恐ろしく鮮明だった。あれがどこまで当たっているかはわからない。でもありそうなことに思える。祖母が表した怒りはあまりに激しく、祖父は諦《あきら》めて去り、スプーンは祖母の手にそのまま残されたのか。

それから朝まで落ち着かない切れ切れの眠りと覚醒《かくせい》を繰り返し、そんなときの常として決めていた時刻に目覚め損ねた。チェックアウトの刻限が過ぎますと起こされて、大慌てで荷造りしてホテルを飛び出した。すでに十一時だった。風邪の引き始めのように、頭痛がして身体が重い。夜の飛行機まで時間は充分ある、焦ることはないと思ったが、昨日の順調さが嘘のように今日はうまくいかなかった。

初めにεの《三日月Ｃａｆｅ》に行ったが、古い商家をリノベーションしたその建物やギャラリーになった蔵には好感が持てたものの、店内に飾られていたマトリョーシカに触れようとしたら咎《とが》められた。コーヒーを淹《い》れてくれた女性はアルバイトで、これはわたしが受け取るものだからといっても、そんなことは聞いていないから困るの一点張りで、がんとして譲らない。ここまで集めた四つのマトリョーシカを見せても、あの地図を示しても、とにかく自分はなにも聞いていないのだから勝手なことはできませんとかぶりを振られてしまう。

店主さんは夕方には顔を出すはずだというので、後でまた来ますといって出た。去り際にせめてそばに寄って手は出さずに見ると、そこに描かれているのは家の中で、ベッドに寝た黄色い髪の女性と枕元に座る女の子の絵だ。《ミスズ珈琲《コーヒー》》で手に入れた三番目の三人家族の絵の、お母さんがベッドに寝ているようで、髭《ひげ》のお父さんはいない。マトリョーシカの絵でバラバラに伝えられるその物語は、結局なにを意味しているのか、わたしはその真相に気づき始めている。祖母と祖父、祖父が愛した女性。だが本当のところは、ワラエさんと再会しなくてはわからない。

ηの《もりえ》。そこにあるのはマトリョーシカの、六番目なのか七番目なのか。陽が沈むにはまだずいぶん早いが、ガイドブックでは見つからなかったそれを探すには暗くならない方がいい。地図が示すη点の方へ向かう道は坂だった。荷物は全部持ったままなので、それが重い。おまけに身体も重い。頭痛もさらにひどくなっている。そしてたった一泊なのに鞄《かばん》が重いのは、スプーンの箱のせいもあった。一本だけ違うメッキのスプーンが入った箱と、わたしが持ち出した黒ずんだスプーン。箱に収まらない七本。わたしのせいでできた空白を、埋めたのはワラエさん以外には考えられないけれど、埋めずにいられなかった彼女の気持ちとはなんなのか？

喫茶店の場所がわからなくて、ずいぶんあたりを歩き回った。道を聞きたくても人がいない。さらに奥にある日本茶カフェまで行って尋ねて、ようやく中国人墓地の中にある店にたどりついたけれど、なんと『臨時休業』の札がかかっていて、茫然《ぼうぜん》とその場に座りこんでしまった。店の外は海を見下ろすちょっとした庭園になっていて、暑くも寒くもない海風が汗ばんだ顔に心地良い。ベンチに座りこんだら力が抜けて、いつかうとうとと眠りこんだ。はっと我に返ると、腕時計の時刻は四時を回っていた。

焦って《三日月Ｃａｆｅ》に向かい、今度は幸い五番目のマトリョーシカを渡してもらえた。だがそれと一緒に、心配そうに「大丈夫？」と尋ねられてしまい、「はい、もちろん大丈夫です」と答えたけれど、そのときわたしはどんな顔をしていたのだろう。でもとにかく、これ以上迷っている暇はない。送られてきた地図の、《三日月Ｃａｆｅ》と《もりえ》の位置からして、探すべきらもすぐ近くにあることは間違いなかった。だからなにかそれとわかるサインがあれば絶対に見つかると思ったのだが、わたしは街のこのあたりの地形をまったくわかっていなかった。

地図で見れば道路はどれもほぼ直線で、直角に交わっている。迷うことなどなさそうに思えた。だが箱館山から海方向への道はすべて坂道で、登るほど傾斜がきつい。交わる横道は水平だが細くて行き止まりも多く、見通しが利かない。上からしらみつぶしにたどっているつもりでも、なぜか現在位置がわからなくなる。そうかと思うと同じ角を何度も回ってしまう。そのうちなんだか時間の感覚まで、おかしくなってきている気がした。日の長い季節だというのに、もうあたりが薄暗くなってきたようなのだ。そして、見回しても人っ子ひとりいない。

いや、坂道の下からこちらへ、だれかが上がってくる。なめらかな、すべるような足取りの、長身の女性だ。純白の、ウェディングドレスのようなものを着て、長い裾《すそ》が脚の周りで優雅にひらめいている。目にしているものを信じられなかった。あまりにも非現実的だ。わたしの夢の中からさまよい出てきたようだ。

白いドレスの女は近づいてくる。明るい栗色の髪が顔の周囲に波打ち、肩から背へと流れている。その顔を間近にして、わたしは声を呑《の》んでいた。きっぱりと通った鼻筋、引き結んだ口元、深い眼窩《がんか》。思わず口走った。

「ワラエさん——」

わたしの声が届いたようには見えない。その人は無言のまま、白い横顔を見せながらすぐそこを通り過ぎ、さらに坂を登っていく。だが、この坂道はそこで行き止まる。急なコンクリートの階段があり、上がればあまり広くない神社の境内で、箱館山に続く高台の崖《がけ》で終わる。そこから先の道はない。しかし、宵闇の中に浮かび上がる灯《あか》りのような白い後ろ姿は、ふいっとそこで掻《か》き消えた。いや違う。坂道を右に折れたのだ。でも、そこに横道はあっただろうか。細すぎてわたしが見落としただけかも知れないが。

急いで後を追いかけた。白い背が消えたと見えた横道の奥は、いまは塗りこめたような闇に閉ざされている。でもわたしは止まれない。止まったところでどうにもならない。そのままふらふらと前に進むと、ふいに明るいものが目に飛びこんできた。左手の少し高いところに桜の樹がある。満開の紅枝垂《べにしだれ》、ソメイヨシノよりあでやかな赤みを帯びた花を、振《ふ》り袖《そで》の袂《たもと》のように垂らし広げた桜。その奥に灯《とも》を点した広い窓があり、桜を透かせた光を夜の中に浮かばせている。近づいていくと建物の建つ高台の下、階段の上がり口に小さな看板があった。《珈琲舎《コーヒーしゃ》 櫻《さくら》》。ここも喫茶店らしい。《櫻の下》から始まって《櫻》に行き着いた。ではこれが、ワラエさんが私を導いた場所なのか。

土と丸太の階段を踏みしめて、二重扉を押し開く。木張りの床に、広い窓に沿って椅子とテーブルが三組。奥のカウンターの中から、「いらっしゃいませ」と声があった。

「ご面倒ですが、そこで靴を脱いでスリッパに履き替えてくださいな」

目の前に普通の家の玄関のような、上がり框《がまち》とスリッパ立てがある。靴を脱ぎながらカウンターの中に立つ声の主を見て、一瞬スプーンのことで尋ねた商店街の骨董店《こっとう》の女主人を思い出した。よく見れば少しも似ていないし、同じ白髪頭といってもこちらの女性は綿菓子のようにふわふわ膨らんだ髪を、淡いラベンダー色に染めている。そしてさほど広くない店内に、先を歩いていたワラエさんのような白いドレスの人の姿は見えない。「あの」といいかけたことばが詰まる。なんと問えばいいのか。この人がなにを知っているのか。だが彼女はカウンターの中から出てきて、手を伸ばしてそっと差し招いた。

「お疲れのよう。とにかくお持ちの荷物を降ろして、こちらにかけて一休みなさってくださいな」

やさしい手の動きに誘われて、カウンターに向かうスツールに腰を落としたわたしの前に、クリスタルのグラスが置かれる。

「喉《のど》が渇いているんじゃありません？　どうぞ、ただの水ですけれど」

ほどよく冷えた水は、熱っぽく乾ききっていた口に果物のように甘い。大ぶりなグラス一杯のそれをたちまち飲み干すと、ほおっとため息が洩《も》れた。

「有り難うございます。すごく美味《おい》しいです」

「箱館山の湧き水ですわ。水差しを置いていきましょうね。コーヒーはもう少しお待ち下さいな」

背後の棚から豆の瓶を選び、てきぱきと慣れた仕草で動き出す姿をぼんやりと眺めていたわたしは、カウンターの端に置かれたそれに気づいて、ハッと息を止めた。マトリョーシカだ。それも大小ふたつ。休みで入れなかった《もりえ》の分だろうか。

「あのッ、これ、見ても？」

「ええ、もちろん。そのためにいらしたんですわね？」

この人はなにもかも知っている、ということなのだろうか。でもそれを尋ねるより、わたしはマトリョーシカに描かれた絵に惹《ひ》きつけられていた。ひとつは色とりどりの薔薇《ばら》の花だ。その花を背に立つ灰色髪の女性は祖母だろうか。肩掛けの模様に見覚えがある。その表情は大きく目を見張って、なにかを思い詰めているようだ。涙をこらえているようでもある。背後で咲き誇る薔薇の間から大きすぎるトゲが覗《のぞ》く。トゲを生やした薔薇の枝が、左右から伸びて祖母の身体に絡みついている。

そして一番大きなマトリョーシカは、一面空間を埋め尽くすように舞い散る桜の花だ。その花の中に小さく描かれた何人もの人は、雛《ひな》人形のように仲良く並んでそれぞれカップを持っている。カップには銀色のスプーンも添えられている。中には祖父らしい髭《ひげ》の男性も、黄色い髪の女性も、祖母らしいドレスの女性も、小さな男の子や女の子も混じっている。満開の桜の下で、お花見をしながらのお茶会という景色だ。

これまでわたしが順に集めてきたマトリョーシカに描かれていたのは、わたしの祖父母からわたしへと繋《つな》がる人たちのエピソードの綴《つづ》れ織りだった。だがそれは幸せだけの記憶ではなかった。小さな娘絵美子を亡くし夫と決別した祖母の苦悩が、縦糸のようにそれを貫いていた。なにも知らぬまま幼いわたしが欲しがった銀のスプーンの箱も、そこに繋がる。その事実をわたしが知ることを、彼女は望んだのか。

ことりと音を立てて、目の前にコーヒーカップが置かれる。顔を近づけると、桜色のカップから馥郁《ふくいく》とした香りが立ち上ってわたしを包む。口をつけようとして、でもその前にと顔を上げた。淡いラベンダー色の髪をした人に尋ねた。

「彼女はいま、どこにいるのですか。笑子《えみこ》さんは」

祖父は死んだ娘の名を取って、自分が新しく得た娘に読みは同じエミコという名をつけた。祖母に断られてもそれだけは諦《あきら》めなかった。その後間もなく祖父は亡くなり、彼女を産んだ女性もやがて亡くなったが、その後笑子さんはわたしの祖母、森住南絵の元にやってきて、働かせて欲しいと頼んだのではないか。その理由は、推測だけれど、笑子さんが自分は祖母に大きな負債があると考えたから。祖母から夫である人を奪い、亡くなった娘の名を奪ったのが自分だから、その償いをさせて欲しいと。祖母は笑子さんの申し出を受け入れたが、彼女の「エミコ」という名は拒んだ。その代わりに「ワラエ」と呼んだ。明らかに悪意を込めて。

二十年の歳月の間に、祖母の心がいくらかでも和らぐことはなかったのか。わたしにはわからない。ふたりの関わりの中に、情が通うことはまったくなかったとは思いたくない。薔薇の花が咲く庭を眺める、コーヒーの香るあの明るい居間を心地良く感じたのは、なにも知らない子どものわたしだけではなかったと信じたい。祖母を見送った笑子さんは、自分に贈られていたかも知れないスプーンの箱を持って立ち去った。わたしがひそかに持ち出して一本欠けたそれを、咎《とが》めることもなく。

「もうひとつ、これを預かっておりました」

コーヒーカップの横に置かれたのは、手擦れした包装紙のカバーをかけた本。開けばそれはわたしも大好きだったあの『奇巌城』だ。けれどページの間に、小さなモノクロの写真が挟まれていた。

風に乱れる髪を手で押さえながら、白い歯を見せて笑っている若い女性。背後は満開の桜で、その向こうに覗《のぞ》いているのは祖母が暮らした洋館だ。裏を返すと万年筆の流麗な文字が消えかけている。『新居にて南絵　1954 April　Takeru photo』。祖母なのだ。けれどわたしは彼女の、こんな明るく翳《かげ》りのない笑顔を見た覚えがない。写真の中の女性は笑いながら、カメラのレンズに目を向け、なにか語りかけている。いや、見ているのはカメラではなく、語りかけているのはカメラを構えて彼女と向き合っている人、結婚したばかりの夫だ。

彼がどういう気持ちで、この写真を手元に残しておいたのかはわからない。でもそれは『奇巌城』に挟まれて、娘の笑子さんへ受け継がれた。印画紙に焼き付けられた、この瞬間は確かに存在したのだ。未来の悲しみを予想もせず、晴れ晴れと笑う若い日の祖母。彼女を撮《うつ》す若い日の祖父。ふたりが共有した春の、満開の桜に飾られた時間。

ああ、と思った。夢の中の祖母の狂乱、あの叫び。あれが本当にあったことだとしたら、祖母はあのときもまだ夫を愛していたのではないか。だから離婚したくなかった。彼という人間との繋がりを断ちたくなかった。でも、夫の心は疾《と》うに自分から離れている。戻ってくれなどとは口が裂けてもいえない。だから逆に憎しみのことばを吐き、出て行けと叫び、彼を傷つけた。心では行かないでと号泣しながら。祖母の心の声は彼に届かなかった。あるいは届いてはいても、彼にもどうもならなかったのか。

店の女主《おんなあるじ》は無言のまま、目顔でガラス窓の外を示す。灯火を受けて、外から眺めたときとは逆に、むしろ白く見える満開の枝垂れ桜。その花の中に埋もれるようにして、さっき見た純白の婚礼衣装のようなドレスをまとった笑子さんがいる。正面からわたしを見て、ほんのりと微笑んでいる。わたしは思わず立ち上がり、走り出そうとし、けれどそのときにはもう、彼女の姿は靄《もや》に溶けるように花の中に滲《にじ》んで消えてしまう。

覚めたまま見た、一瞬の夢のように。

ガラス窓に向かって、わたしはなにもいえずに立ち尽くしていた。夜目にも白い花房と、その向こうに滲んでもはや見えない、懐かしい人の面影を目で追い続けながら。

そしてやっと、胸に湧く思いをことばにした。

「どこに行ってしまったんですか。ワラ——笑子さんは」

「お母様のふるさとに行く、と聞きましたよ。北の、ずっと北の国に」

ロシアだろうか。それとももっと遠い、わたしにはまだ行き着けない国だろうか。

行かねばならないとわかって初めて、彼女はわたしに連絡を取ろうとしたのか。

「その前にもう一度、会いたかったです」

もはやなにもかも、想像することしかできないけれど。

「もう一度会って、この絵の中みたいに、花の下でコーヒーを飲みたかった。大好きな、笑子さんと。いろんなことを話して、全部隠しごとなしに。そうすれば」

そうすればどうなっただろう。せめて笑子さんの心は癒《い》やされたろうか。

「人は去っても花は咲きます。欠けたものを埋め合わせるのも、気持ち次第ですよ」

「でも、死んでしまった人は生き返りません」

「それでも花が散ってもまた翌年咲くように、思いは繋がっていくのですから」

「繋がって、その先は？」

「また巡り会えるかも知れません」

夢ですけれどね、とその人は笑う。

「コーヒー、どうぞ冷めないうちに」

カップを持つと、顔が花のような香りに包まれる。祖母の家で、笑子さんが淹《い》れてくれたあのコーヒーはきっとこんなだった。涙が溢《あふ》れてくる。わたしは手を上げて顔を覆った。可哀想なおばあちゃん、可哀想なおじいちゃん、可哀想な笑子さん。どうかまた巡り会うときには、憎しみも悲しみも離れて、みんな幸せになれますように。

＊

あれから思いがけず時が流れた。わたしは大学を卒業し就職した。最初の一年は右も左もわからないまま過ぎ、旅行に出るなど思いも寄らない。そしてその翌年には、それまでだれも予想してこなかった疫禍が世界を覆った。そのことについてはくどくどしく述べる必要もないけれど、わたしのような旅好きにとってはことさらに、耐えがたく息苦しい数年間だった。

しかしその暗いトンネルも、ようやく出口にたどり着けたらしい。わたしは思い切って、これまで自分に禁じてきた、国内とはいっても空の便を使う長距離の旅行を許すことにした。

再訪するのだ。箱館へ、あの北国へ、コーヒーの香る街へ。

地図に導かれて訪ねた喫茶店の内には、すでに閉店してしまったらしいところも複数ある。《珈琲舎　櫻》も、火災に遭ったが元の場所に建て直されたらしい。ラベンダー色の髪の女性店主は、元気でいてくれるだろうか。

あのマトリョーシカはいまも、わたしのデスクで桜色に微笑んでいる。インターネットの情報は正確だとは限らない。閉店したと書かれていた店にも、せめてもう一度足を運んでみたい。けれど《珈琲舎　櫻》は、なにも調べずに行くことにしよう。枝垂れ桜が咲く季節を逃さないことだけ心がけて。コーヒーの香りを嗅《か》ぎながら花の下に立てば、わたしの前から消えてしまった人たちとも、もう一度会うことができるかも知れない。

地の果ては、隣

永嶋 恵美

永嶋恵美（ながしま・えみ）

一九六四年、福岡県生まれ。二〇〇〇年『せんせいさく』でデビュー。一六年「ババ抜き」で第六十九回日本推理作家協会賞短編部門を受賞。主な著書に『転落』『明日の話はしない』『ベストフレンズ』『視線』『一週間のしごと』、「泥棒猫ヒナコの事件簿」シリーズなど。

場違い、なんてものじゃなかった。成田《なりた》空港の集合場所へ定刻に到着した片桐萌衣《かたぎりもえ》は、数秒間、その場に固まっていた。

『ノスタルジック・サハリン４泊５日の旅』と書かれた札を胸の前で持っている添乗員の周囲に集まったのは、老夫婦が五組と、おそらく家族旅行と思《おぼ》しき五人グループ。その五人の内訳は萌衣の両親と同年代が四人、残る一人は小柄な可愛らしい「おばあちゃま」だ。

それから、背筋がぴしっと伸びた長身の、こちらは「老婦人」という言葉がぴったりの高齢女性。どこを見回しても、同年代はいない。三十代後半くらいに見える添乗員の女性が、一番年齢が近いようだ。

回れ右をして帰るべきなのか？　国内専門の鉄子が卒業記念に海外旅行なんて、無謀が過ぎたのか？　愛読しているマンガの聖地巡礼と、おそらく現存する最北端の日本製車両と相見《あいまみ》えるべく樺太《からふと》を目指す、というのは、もしや旅の目的としては推奨されないものだったのか？　いや、そんな後付けの目的で自分と周囲をごまかそうとしたことに、天罰が下ったのか？

自分と同じく聖地巡礼を目的とする者が一人くらいいるのではないか、或《ある》いは乗り鉄が、などという甘い期待が一瞬で粉砕されたばかりか、何よりも楽しみにしていた鉄道乗車体験が中止と聞かされた。

何でも、乗車予定だった列車が運休になってしまったのだという。サハリンでは現在、全線で工事の真っ最中で、頻繁に運休が発生しているらしい。聞いた瞬間、何か妙な音が喉《のど》を通って口から出たような気がしたが、それすら定かでないほど動揺した。

「本当は、注意事項のご連絡を差し上げた際にご説明するはずだったんですが、あわただしいお電話になってしまって、諸注意をお伝えするのが精一杯で……」

添乗員に申し訳なさそうに言われて、萌衣はあわてて顔の前で両手を振った。あわただしいお電話になってしまったのは、こちらのせいだった。

その電話を受けたのは、内定者説明会の当日だった。たまたま休憩時間中だったから、通話は可能だったが、長々とした諸注意をすべて聞くのは無理だった。現地では空港でも外貨の両替ができず、クレジットカードが使えない店も多いため、必ず出国前に日本円をルーブルに両替しておくこと、パスポートは決して手荷物に入れず、肌身はなさず携帯すること、夏でも朝晩は肌寒く長袖《ながそで》推奨、虫除《よ》けスプレーは必須《ひっす》……等々。短い休憩時間ではそれがせいぜい。鉄道運休について端折《はしょ》った添乗員を責めるわけにはいかない。

そんなわけで、最大級の楽しみがなくなり、ツアーメンバーは年の離れた人ばかり。祖父母と離れて暮らしているせいか、萌衣は高齢者に苦手意識がある。

それでも、回れ右をせずに出国ゲートを通り、バスに揺られてターミナルから遥《はる》か離れた場所に、ちょこんと置いてある……としか表現しようがないほど小さな小さな機体だった……ヤクーツク航空550便に乗り込んだ。

機内は通路を挟んで二席と三席。新幹線と同じだ。ただ、天井が低いのか、通路が狭いのか、新幹線の車両よりも圧迫感がある。そして、新幹線よりも、もしかしたら在来線よりも、揺れた。どうやら、気象条件もよろしくなかったらしい。

機内アナウンスがロシア語であったために一言たりとも聞き取れなかったが、やたらと頻繁に流れていたのは、おそらく気流のせいで揺れるという警告だったのだろう。何しろ、離陸から着陸までベルト着用のランプが点灯しっぱなしだったのだ。成田からユジノサハリンスクまでの二時間あまり、大袈裟《おおげさ》でも何でもなく生きた心地がしなかった。

しかも、空港からホテルまでのバス移動がまた、結構な時間を要した。空港が市街地から離れているのは、いずこも同じらしい。成田を発《た》ったのが夕刻、ホテル着が現地時間の午後十時をだいぶ過ぎていた。

ホテルのロビーで待たされた後、明日の予定表とルームキーを受け取り、これから四日間を過ごす部屋へと足を踏み入れた。部屋は広々としていて、浴室や洗面台も清潔だったが、シャワーヘッドが壁にがっちりと固定されていて、日本人の身長では、思いっきり背伸びをしないと体がうまく洗えないという代物だった。

この背伸びをし続けてシャワーを浴びるという動作が、わずかに残った体力を根こそぎ持って行ってしまった。とりあえず髪と体をタオルで拭《ふ》いたのは覚えているが、そこから先はぷっつりと記憶が途切れた。

＊

気がついたら朝、それも、集合時間の十五分前だった。アラームをかけていたはずのスマホは、枕の下に押し込まれていた。

大急ぎで身支度をし、食堂に駆け込んで、パンと牛乳をほとんど丸飲みしたところで集合時間の三分前。ロシア風と思われる朝食を楽しむどころではなかった。

幸い、食堂からロビーまで全く迷わずに突っ走ることができた。そこで、ホテル内の案内表示が日本語だと気づく。日本人の宿泊客が多いホテルなのだろう。

自分以外の全員が集合していたらどうしようと思ったが、そんなことはなく、ロビーにいたのは添乗員の女性一人だった。ということは、他のメンバーは先にバスに乗り込んでいるに違いないと、ますます焦ったのだが、添乗員は「片桐さんが二番です」と言った。

「今回は、ちょっと出足が遅い方々が多いみたいですね。まあ、二十分も三十分も遅刻されちゃ困りますけど、五分くらいは誤差の範囲ですから」

定時運行が当たり前の鉄道を使った旅では考えられない話だが、バスをチャーターして観光をするツアーとはそういうものらしい。

「それより、忘れ物はないですか？」

「大丈夫です。パスポートも首から下げてます」

添乗員はにっこり笑うと、「では、バスへどうぞ」と身振りをつけて言った。

「今ならお好きな席が選び放題ですよ」

エントランスに横付けしている大型バスは、昨日、空港からホテルまでの移動に使ったものと同じである。参加者は十七人だから、席はがらがらだった。別に二番でなくても「選び放題」だ。

バスはアイドリング状態だったが、運転席には誰もいない。たった一人で、車内のちょうど真ん中に陣取っていたのは、あの「老婦人」である。

おはようございます、と挨拶《あいさつ》をしてみたが、老婦人は無言でうなずいただけだった。

愛想笑いひとつ浮かべるでもなく。「一人の時間」を邪魔されて気を悪くしたのか、そもそも気難しい人なのか。

運転席側の最前列を選んだのは、見るからに気難しそうな老婦人を避けたわけではない。座るなら出入り口のそば、というのは乗り継ぎがシビアなローカル線の旅をしているうちに身につけた習慣である。

そして、「五分くらいは誤差の範囲」が意味するところはすぐに判明した。メンバーが集まり始めたのが集合時間を三、四分過ぎたあたりで、運転手が戻ってきたのがその直後。どこかで一服してきたらしく、真後ろの席にまで煙草の臭いがする。

ひとまず全員が揃ったのは十二分後。そこで「忘れ物をした」と言い出した人が出て、二十分近く遅れての出発と相成った。

皆様おはようございます、と添乗員がマイクを使ってしゃべり始める。昨夜はよく眠れましたか、という定型文の後は、現地ガイドの紹介だった。添乗員の真後ろの席に座っていたロシア人の「おじさん」が立ち上がる。頭が天井につかえそうなほど背が高い。横幅もあり、半袖《はんそで》シャツから覗《のぞ》く太い腕は、ヒグマと互角に戦えそうだった。

「はじめまして。よろしくおねがいします」

びっくりするほど流暢《りゅうちょう》な日本語だったが、マイクがハウリングを起こしたせいで、名前は聞き取れなかった。もっとも「ガイドさん」と呼べばいいのだから、然《さ》したる支障はない。それに、成田での集合から今に至るまで誰一人、添乗員を名前で呼ぼうとはせず、常に「添乗員さん」だった。

「それでは、本日の予定です。まずロシア正教会を見学、その後、ガガーリン記念文化公園、ええと、昔は豊原《とよはら》公園っていう名前だったようですね、そこの敷地内にある子供鉄道に乗車します。ホルムスク北駅までの鉄道が運休になってしまいましたので、急遽《きゅうきょ》、予定に組み込みました」

公園？　子供鉄道？　いやいや、私が乗りたかったのは、ちゃんとした鉄道であって、遊園地の乗り物じゃないんですけど？

「名前が名前ですので誤解されやすいんですが、遊園地の乗り物じゃなくて、旧ソ連時代、青少年の職業訓練のために設置された本格的な施設です。夏の間、不定期に運行されるだけだそうですが、運良く今日は運行とのことでしたので……」

本格的って言っても、どうせ子供向けでしょ？　そんなものでお茶を濁されても困るんですけど？　首都圏全線乗り潰《つぶ》しを達成した鉄子を満足させられるとでも？

などと思っていたのだが。

「うっそ!?　ディーゼル機関車で牽引《けんいん》してる！　ちゃんとした軽便《けいべん》鉄道じゃん！」

日頃は、「撮り鉄は定時運行の邪魔！　撮り鉄は敵！」が信条の乗り鉄である萌衣だが、今ばかりは宗旨替えをして写真を撮りまくった。この幅の線路は、日本ではほぼ姿を消している。辛うじて残っているのは確か、三岐《さんぎ》鉄道北勢《ほくせい》線と四日市《よっかいち》あすなろう鉄道内部線《うつべ》、八王子線《はちおうじ》。それから、黒部峡谷《くろべきょうこく》鉄道本線だったか。ググればわかるが、今はその時間さえ惜しい。

添乗員が説明したように、子供鉄道は決して「子供だまし」ではなかった。駅の傍らには、踏切も信号もある。ホームの端に立つ駅員こそ子供だが、旗を振る動作は正確そのもの。小さな駅舎の切符売り場では、やはり慣れた手付きの子供が釣り銭を数え、切符と共にトレイに乗せてくれた。

出発駅の「コムソモーリスカヤ」は共産党の青年団を意味する名で、一箇所だけある途中駅「ピオネール」は少年団の意味だという。ソ連がロシアに変わり、レニングラードがサンクトペテルブルクに変わっても、子供鉄道の駅の名前は変わらないらしい。

列車に乗り込んでみると、以前に乗った車両とサイズ感が似ている。乗りに行ったのは、内部・八王子線が近鉄から四日市あすなろう鉄道に変わった直後だった。名前ダサくね？ と耳に蘇《よみがえ》った声をあわてて追い払う。隣で笑っていた顔も脳内から締め出す。死んでも思い出してなんかやるもんかと思った。

＊

十五分ほどの軽便鉄道乗車体験の後は、公園内を散策し、樺太神社跡へと向かった。今は鳥居はもちろん、社殿も何もかもが取り壊され、長い石段が残るのみ。おまけに、社殿跡地と思われる一帯は白い囲いがされていて、全く中が見えなかった。

「ここは戦車や大砲、並べてます。今、戦車のサビ落としをしていて、中に入れません。その奥は、政府のエライヒトの別荘だったこともありましたが、今は空き家です」

エライヒトっていきなりロシア語？　それともドイツ語？　と思ったが、よくよく考えてみたら「偉い人」だ。日本語だった。自分の勘違いがおかしくて、笑ってしまいそうになったときだった。

「神社ぶっ壊して、人殺しの道具を並べるなんざ、罰当たりやなあ」

ぼそりと、しかし、はっきりと聞こえた言葉に笑いが引っ込んだ。声のほうを見ようとは思わなかった。何でそれを今言うかな、という不快感をそっとしまい込む。

ノスタルジック・サハリンと銘打たれたツアーの意味を考えなかったわけではない。ここが昔、樺太と呼ばれていた時代、万単位の日本人が暮らしていたのは知っている。ノスタルジック、郷愁という言葉は、ここで暮らしていた人々に向けたものだ。ただ、それがわかっていても、萌衣にとってのこの地は「大好きなマンガの舞台」であり、興味のある鉄道が走っている場所だった。それは自分だけじゃないはず、と考えていたのだが、蓋《ふた》を開けてみたら自分一人だった……。

「ねーえ、ガイドさん。あの南京錠、いったい何なの？　もしかして、縁結びのおまじないっていうあれ？」

脳天気な声に救われる思いだった。今度は声の主を見ることができた。鮮やかなグリーンの地に黒い薔薇《ばら》がプリントされたワンピースに、同色の帽子をかぶっている。その派手な出で立《た》ちのせいか、ネットの広告でよく見る女社長の顔が浮かんだ。

「ああ、はい。そうです。コイビト、シンコンサン、ここに鍵《かぎ》つけて、お祈りします」

上ってくるときには見過ごしてしまったが、石段の両脇には金属製の手すりがあり、至る所に錠前が取り付けられていた。

「この手のおまじないって、世界中にあるのねえ。ああ、そうだ」

女社長はバッグからカメラを取り出すと、萌衣に向かって差し出した。

「シャッター押していただける？」

それなら私がと言いかけた添乗員を遮って、女社長は「ダメよ。あなたたちも一緒に入るんだから」と添乗員とガイドの腕を掴《つか》んだ。

「しょうがないなあ、お母ちゃんは」

女社長の夫が「いきなり、ごめんね。よろしく」と萌衣に小さく頭を下げ、手すりの前へ並んだ。久しぶりに触るデジカメに緊張しつつも、無事に撮影を終えた。その流れで、バスに戻る道中、何となく女社長と並んで歩くことになった。

「ねえ、あなた、どうしてこのツアーに参加したの？　それも、一人でしょ？　もしかして、ものすごく旅慣れてるのかしら？」

あわてて萌衣は頭《かぶり》を振った。鉄道に乗るためだけの国内旅行は頻繁にするけれども、海外には不慣れである。

「全然、旅慣れてなんかないです。ただ、好きなマンガに戦前の樺太が出てくるから、どんなところなのかなって、ほんと、軽い気持ちで。縁もゆかりもないのに、すみません」

「あらあ、いいじゃないの。私だって、縁もゆかりもないわよ」

「じゃあ、ダンナさんが樺太のご出身とか？」

「ぜーんぜん。この人、三代前から栃木県民だもの」

「え？　そうなんですか？」

年格好から、てっきり樺太生まれと思っていたが、違ったらしい。縁もゆかりもないのは自分だけじゃなかった、と心底ほっとした。

「もう行ってない国のほうが少なくなっちゃってね、次はどこに行こうかって思ったら、意外と近場がまだだったのよね。それで。ほんと、軽い気持ちよ？」

女社長のほうこそ、ものすごく旅慣れた人だった。

＊

樺太神社跡の後は、かつて旭《あさひ》が丘《おか》と呼ばれた山の展望台に上る予定だったが、山頂付近から中腹にかけて濃霧が出てロープウェイが運休になってしまった。

「バスで市内を一巡りした後、十五分ほど早いですが昼食にします」

実際には、一時間近く予定が繰り上がってしまうのだが、出発が二十分遅れたことがここへ来て吉と出た。

レーニン像がそびえ立つ広場の前を通り、日本統治時代の建物を流用したという美術館や博物館を横目で見て、しばらく走った後にバスが止まった。

「レストランはわかりにくい場所にあるので、迷子にならないようについてきてくださいね。旧ソ連の時代に建てられた集合住宅は、似たような形をしてて紛らわしいんです」

バスを降りてみると、不意に辺りの色が変わったように思えた。これまで見てきたのは、どれも異国の風景だった。戦前には豊原公園と呼ばれたガガーリン記念文化公園も、樺太神社跡も、かつての姿を知らない萌衣の目には異国だ。旧樺太庁博物館や旧北海道拓殖《ほっかいどうたくしょく》銀行豊原支店も、建物は日本のものだと思えても、周囲の建物や街路は明らかに日本とは違った。

　ところが、この一画はそうではなかった。萌衣が小学校卒業までを過ごした都営団地に似ていたのだ。同じような形をしていて紛らわしい建物の群れ。それらに囲まれた中庭、伸び放題の植え込みと申し訳程度の小さな花壇。旧ソ連時代の建物なら、こちらのほうこそ異国のものなのに、共通点ばかりが目に付く。

　そういえば、団地の中には、建物の一階が商店になっていたり、飲食店だったりする棟もあった。これから入るレストランも同じ形態で、そこがまた、なつかしい。

「店の名前は、黒猫という意味です」

　入り口を入ってすぐのところに、猫のオブジェが客を出迎えるかのように置かれている。出窓には、黒猫のぬいぐるみが並び、飾り棚にも木彫りだの布張りだのの猫がいた。

　こぢんまりとした店内には、八人掛けの長テーブルに、四人がけのテーブルがいくつか。前菜の皿や大皿の料理はすでにセッティングされている。名札などは置かれていないから、自由に座るのだろう。団体旅行に慣れていないせいで、どこに座ればいいのかわからない。これがこのツアー初めての、参加者揃っての食事だから、なおさらだった。飛行機のように指定席だったらいいのに、と思ったときだった。

「あなた、せっかくだから、猫ちゃんのそばにお座りなさいよ。写真、撮ってあげるわよ」

いつの間にか傍らに来ていた女社長が顎《あご》で示したのは、ぬいぐるみが並ぶ出窓の真ん前の席だった。言われるままに座ると、「はい、チーズ」とカメラを向けられた。

「やっぱり可愛いわぁ。若い子はいいわね。ほらほら、早くスマホ出して」

「あ、お願いします」

もっと笑ってだの、Vサインしてだのとリクエストが多かったが、自分のスマホで撮ってもらえたのだから、文句は言うまいと思った。何より、あの気難しそうな老婦人と離れた席に座れた。同じ一人参加者ということで、常時ワンセットにされたらと思うと、少々気が重かったのだ。

ちらりと店内を見回してみれば、老婦人は壁際のテーブルにいた。二人がけで、向かいは添乗員の席だった。学校の行事と違って、あぶれ者同士を一緒くたにするという雑なことはしないとわかって、ほっとした。

添乗員が飲み物のオーダーを聞いて回っているうちに、もうスープが運ばれてきた。これまた学校と違って、みんな揃っていただきますということはなくて、各自が勝手に食べ始めている。それでいて、夫婦や家族できている参加者のおかげで会話があり、テーブルはにぎやかだ。気楽でにぎやか、というのは個人旅行ではなかなか体験できない。こういう感じはいいかも、と思いながら、レモン色の透明なスープを口に運ぶ。

「鮭と……白身の魚？」

サフランの香りがする塩味のスープに、ピンクと白の切り身が何切れか沈んでいる。ピンクのほうは一目で鮭とわかったが、白いほうは鱈《たら》だろうか？

「何だろう、この魚」

食べてみると、鱈ではなかった。だが、ヒラメともカレイとも違う。

「オヒョウだそうですよ」

飲み物のオーダーを伝えるついでに聞いてきたらしく、添乗員が教えてくれた。が、その「オヒョウ」というのが萌衣にはわからない。

「オヒョウって、何ですか？」

添乗員に聞き返すと、女社長が「知らないの？」と驚いた顔をする。

「給食によく出てきたでしょ？　うちの娘はオヒョウのフライが苦手で、献立表を見ちゃあ、ため息ついてたわよ」

「うちの学校では出たことないです」

女社長の娘なら、萌衣の両親と同年代だろう。萌衣が学校から持ち帰る給食の献立表を見て、母はよく「イマドキの給食は違うのね」と驚いていた。それを話すと、女社長は「ああ、そういうことねえ」とうなずいた。

「オヒョウって、昔は安い冷凍魚の代表選手だったの。その分、味のほうもアレで」

「でも、これ、めっちゃおいしいじゃないですか」

「そうそう、そうなのよ。まるっきり別物なんだもの。驚いたわ」

鱈のような臭みもなく、カレイやヒラメよりも、もっちりとして甘みのある身は、とても「安い冷凍魚」とは思えない。

「新鮮なんだと思いますよ。こちらでは、オヒョウはお刺身で食べたりするそうですから」

添乗員の説明に、一斉に驚きの声が上がる。どうやら、彼らにとってのオヒョウは、刺身で食べるような魚ではないらしい。スマホを取り出し、検索をかけて出てきた画像に驚く。形こそカレイに似ているが、大人の背丈よりも大きい。

驚きの巨大魚に舌鼓を打つうちに、もう次の皿が運ばれてきた。真っ黒な深皿に入っていたのは、白くて丸くて小さい食べ物。シベリア風水餃子《ギョーザ》とも呼ばれるペリメニだ。ガイドブックや旅行サイトの類《たぐい》には、結構な頻度で登場するから、すぐに覚えた。

サワークリームが添えてあったが、まずはそのまま食べてみる。つるりとした食感と、たっぷりの肉汁とが口の中に広がった。

「餃子だ！　フツーの水餃子！　シベリア、全然関係ない！」

笑い声が上がった。何か変なことを言ってしまっただろうかと、萌衣は思わず周囲を見回す。いや、面白がられているだけだった。

「そうだなあ、シベリア関係ねえわな。うん、酢醤油《じょうゆ》で食ったらうまいよ、たぶん」

女社長の夫の隣に座っていた高齢男性が笑いながらうなずいている。ついさっき、「神社ぶっ壊して、人殺しの道具を並べるなんざ、罰当たりやなあ」と低い声で言ったのが、この人でありませんようにと、ちらりと思った。

「お父さん、水餃子なんて食べないでしょう？」

その男性の奥さんと思《おぼ》しき女性が、露骨に顔をしかめる。

「そうだったかなあ？」

「そうよ。酒の肴《さかな》にならないって言ってたじゃない。それが酢醤油ですって？　調子いいんだから。ねえ、呆《あき》れちゃうわよね？」

テーブルの反対側の端から同意を求められて、萌衣は曖昧《あいまい》に笑う。とはいえ、苦手だったはずの高齢者との会話は思ったよりも嫌ではない。女社長などはむしろ楽しい。などと考えながら、ペリメニをもうひとつ口に運ぶ。

「あっ。酢醤油じゃなくても美味《おい》しい」

サワークリームをたっぷり載せてみると、よく知っている水餃子が乳製品の甘さに包まれて、全く別の食べ物に変身した。ちゃんとシベリアだ、と言いかけて、やめた。以前、テレビで見た「シベリア抑留」の番組が脳裏をよぎったのだ。

もしかしたら、メンバーの中に「シベリア」の連発に不快感を覚える人がいるのではないか。考えすぎかもしれないが、何が地雷になるか、見当もつかない。

「ねえねえ、こっちの前菜も美味しいわよ。このポテサラみたいなの」

気を取り直して、女社長おすすめの前菜を食べてみる。角切りのジャガイモとニンジンをマヨネーズで和《あ》えてあるところまではポテトサラダと同じだが、ゆで加減が硬めで、しかもピクルスがたっぷり入っている。粗く切ったゆで卵とハムも入っていて、卵サラダにも似た味だ。確か、オリヴィエ・サラダだったか。ボルシチよりも小さな写真だったが、これもガイドブックに載っていた。

「ちょっとお醤油垂らしたら、ご飯に合うわよ。私、ポテサラでご飯食べるときは、必ずそうするの」

「そんなこと言われたら、白いご飯が食べたくなってきました。てか、ロシア料理、ご飯に合いすぎるんじゃ？　さっきの水餃子もそうだったし、たぶん、お魚のスープも合いますよね？　うわ、全戦全勝だ」

また笑いをとってしまった。別段、受けを狙っているわけではないのに、高齢の方々は萌衣の言動をいちいち面白がってくれる。

「このクレープみたいなのと白いご飯を合わせるのは、さすがに無理よね」

女社長がテーブル中央の大皿に手を伸ばす。筒状に巻いたクレープのそっくりさんが、スモークサーモンと一緒に盛られていた。席に着いたときから気づいていたものの、小麦粉の生地と鮭なら別にサハリンでなくても食べられるし、と思って後回しにしていたのだ。

「あら、でもこれ、スモークサーモンによく合うわね。サーモンと一緒に巻けば、酢飯ならいけるかも……って、これ、何かしら？」

シュガーポットほどの陶器製の壺《つぼ》を女社長が手に取るより早く、テーブルの反対側から「それ、イクラよ、イクラ！」と、声が飛んでくる。

「ますます酢飯に合いそうねえ」

女社長は、自分の皿と夫の皿とにイクラを一匙《さじ》ずつ載せると、萌衣に壺を回してくれた。何気なく壺を覗《のぞ》き込んで驚いた。

「えっ？　これ、何人分なんですか？」

縁までとはいかないものの、八分目くらいまでイクラである。それも、ずんぐりとした壺に。それが八人掛けのテーブルにふたつ。つまり、壺ひとつが四人分。この量を四人で分けたら、一人当たり、回転寿司の軍艦巻き七、八個分になるんじゃないだろうか？

「私と主人はこれだけでいいわ。尿酸値が上がったら、主治医に叱られちゃうもの。あなた、若いんだから、いっぱい食べなさいよ」

「マジっすか……」

就活の間、年長者の前では絶対に口に出すまいと決めていた台詞《せりふ》がこぼれ落ちる。と、なぜか、テーブルの向こうからも壺が回ってきた。高齢の方々は魚卵が大敵らしい。

イクラがたっぷり入った壺が目の前にふたつ。至福だの夢だのといった単語が頭の中を舞い踊る。しかも、やや小粒のイクラは味が濃くて、ほんのりハーブみたいな香りがして、素晴らしく美味しい。その香りがディルだと遅れて気づく。イクラの醬油漬けも好きだけれども、ディルの香りがするイクラもいい。

クレープなんて日本でも食べられるよね、と思っていたのは大間違いだった。溢《あふ》れんばかりのイクラを、脂の乗ったサーモンと共に巻いて食べるなんて、ここでしかできない。

驚きの巨大魚も、サワークリームを載せたシベリア風水餃子も、全部吹っ飛んだ。イクラ一人勝ち、である。

ディルの爽《さわ》やかさがイクラの脂っこさを中和してくれるおかげで、いくらでも食べられてしまう。「無限イクラ」だ。もうお腹はいっぱいなのに、手が止まらない。これ絶対太るヤツ、と理性の声がする。が、ホテルの部屋に体重計はないよと、煩悩がささやく。

食べ過ぎた分だけ身体を動かせばいいんだよね、午後は博物館とショッピングセンターで自由時間だから、思いっきり歩き回ろうと、萌衣は自分に言い訳をした。

午後からは、ちゃんと自分への言い訳を実行に移した。高齢の方々が椅子に座って休んでいる間も、サハリン州立郷土博物館の中庭を隅々まで歩き回り、大型ショッピングセンターでは早足で歩き、エスカレーターではなく階段を使った。

しかし、その日の夕食は、伝統的なロシア・ウクライナ料理を提供する店だった。ロシア語で農場を意味する店名だけあって、野菜と豆をふんだんに使ったスープに、ご飯茶碗《ぢゃわん》二杯分はありそうな大量のマッシュポテトを添えた「本場の」ビーフストロガノフ。前菜にはやはりオリヴィエ・サラダ。昼間の店とはまた違った味で、ついつい平らげてしまった。加えて、デザートの木イチゴパイが絶品で、これまた完食した。午後の運動量など、焼け石に水だった。

明日の朝、ホテルの周りをジョギングするから、と萌衣はまたもや自分に言い訳をしたのだった。

＊

サハリン三日めは寝坊もしなかったし、朝食の前に、ホテルの周囲を散歩する時間もあった。ホテルの朝食はありふれたバイキングと思いきや、ハムは数種類あったし、魚の燻製《くんせい》もあった。茹《ゆ》でたイカのサラダや、昨日の昼食とも夕食とも違うオリヴィエ・サラダもあった。ジャガイモの他に入っているのが、ピクルスではなく生のキュウリ、ハムではなく魚肉ソーセージだった。さっぱりしていて朝食向きだ。蜂蜜《はちみつ》を塗った黒パンはいくらでも食べられそうだったし、おまけに、それが木イチゴのジュースに合うなんて知らなかった。

やっぱり散歩でお茶を濁さずにジョギングするべきだった。怠惰な性格とカロリー過剰摂取を反省しつつ食堂を出たところで、女社長と出会《でくわ》した。寝坊したのだろうか。しかし、急いでいる様子はない。

「おはようございます。集合時間まであと十分ですけど、大丈夫ですか？」

「今日はお休み。膝《ひざ》をね、ヤッちゃって。添乗員さんの話だと、今日は結構歩くらしいから、部屋でおとなしくしとくわ」

痛み止めの薬と杖《つえ》を持ってきて良かった、と女社長が肩をすくめる。

「医者からは止められてたんだけどねえ。お母ちゃんはすぐ無理をするからさ」

「行けるときに行くのが鉄則。次があるとは限らないんだからね」

女社長の夫が「やれやれ」と天井を仰ぐ。が、その顔は笑っている。

「三人組の強盗でも止めらんなかったんだから、膝が痛いくらいじゃ止まらないよな」

「強盗？　もしかして、襲われたんですか⁉」

「南米に行ったときにね、有り金全部盗《と》られたんだよ。パスポートも。なのに、三ヶ月も経たずに中東に行くって言い出すんだから。ホントに行っちゃったんだから」

「でも、あのとき行ったおかげでパルミラの遺跡を見られたわけでしょ？　消えちゃってからじゃ遅いのよ」

シリアにある凱旋門《がいせんもん》や神殿がＩＳによって破壊されたのは、まだ記憶に新しい。消えてからでは遅いのは、鉄道にも言えることだから、女社長の言い分はよくわかる。サハリンで日本製車両に乗るという望みが潰《つい》えた今、わかりすぎるほどわかる……。

「調子が良くなるようだったら、買い物くらいには出ようかしらね。従業員にお土産買わないと」

「従業員？　もしかして、会社を経営してらっしゃるんですか？」

「たいした人数じゃないんだけどね。ウチは小さい会社だから」

道理で、と思った。世界各国を飛び回るだけの経済力があったのも、社長夫人だったからか。

「ちなみに、社長はお母ちゃんのほうね。お母ちゃんが作った会社。オレ、玉の輿《こし》に乗ったの」

社長夫人ではなかった。女社長は本当に女社長だった。

＊

メンバー同士打ち解けてきたからか、バスの中で座る場所が少しばかり変わってきた。例の五人家族は人数的に横並びに座れる最後列が指定席で、相変わらず老婦人はど真ん中の席に一人で陣取っていたが、他の老夫婦四組は、萌衣のすぐ後ろに固まって座るようになっていた。おかげで、彼らの会話が丸聞こえだった。

「奥さん、トマリオルにおらっしゃったとですか。いつまで？」

「昭和《しょうわ》十九年に引き揚げましてね。奥さんはどちらに？」

「あら、私も同じ十九年の引き揚げですよ。住んどったんは、エストルやったとですが。父がオオヒラ炭鉱におりまして」

「私の父もトマリオルの炭鉱にいたんですよ」

「じゃあ、同じニッテツの？」

「そうそう！　あらまあ、こんな偶然が！」

大きな声が、うれしそうな笑いを含んだ声に変わる。通路を挟んで盛り上がる二人に対して、その配偶者たちの反応は薄い。ということは、彼らは樺太出身ではなく、妻が行きたがったから同行したに過ぎないのだろう。

かと思うと、盛り上がる女性二人の後ろから「ロシア語は習ったけど、きれいさっぱり忘れたなぁ」と男性の声が聞こえてくる。

「ガキのころ、たった一年だもんなあ。そりゃ忘れるわな」

「いや、オレは一コだけ覚えてるよ。ズロース一丁！」

「そうそう、あったあった！」

ズロース？　女物の下着？　いったい何のことだろうと思っていると、その男性が立ち上がり、「ガイドさん、ズロース一丁！」と叫んで片手を上げた。ガイドが笑いながら答えるのを聞いて、意味がわかった。

「Здравствуйте《ズドラーストヴィチエ》」

ロシア語の「こんにちは」だ。挨拶《あいさつ》くらいはできるようになっておこうと、翻訳サイトで調べた。件《くだん》の男性は「通じた通じた」と手を叩《たた》いて笑っている。

子供のころ、一年だけロシア語を習った、ということは、彼は終戦後の地上戦を生き延びて、ソ連占領下のサハリンに残留していたのだろう。そうした人々が少なからずいたことは、ウィキペディアに書かれていた。

ただ、ズロース一丁云々《うんぬん》はウィキペディアにはなかった。ネットで検索しても引っかからないものを見聞きできることこそ旅の醍醐味《だいごみ》、などと考えたときだった。

「ねえねえ、お嬢ちゃん」

通路に顔を出して振り返る。今、「お嬢ちゃん」に該当する年齢は自分だけだ。立ち上がって「ズロース一丁」と言った男性が身を乗り出している。

「お嬢ちゃん、カレシとかいないの？」

はい来ました、セクハラ発言いただきました、と内心で盛大に溜息《ためいき》をつきつつ、「いませんよ」とにこやかに返す。どうせ、人生の大半を昭和の時代に生きた高齢男性には、不快感を表明しても無駄だ、と思ったのだが。

「ダメだよ、そういうの。セクハラっていうんだよ」

そう言ってたしなめてくれたのは、ズロース云々の会話をしていたもう一人の男性だった。他ならぬ自分が相手を年齢性別でひとくくりにしていたのだ。萌衣は己を恥じた。

「そうよねえ。カレシいたら、一人で海外旅行なんてしないわよねえ」

そして、第二の無神経発言をかましてくれたのは、人生の大半を昭和の時代に生きた高齢女性だった……。

とはいえ、彼女のコメントは強ち間違《あながち》いでもなかった。就活が終わったらカレシと一緒にイギリスへ卒業旅行をする予定が、別れたから立ち消えになった。確かにカレシがいたら、一人でこのツアーに参加したりしなかったのだ。

泣きたい気分で旅行代理店にキャンセルの手続きに行った際、ふと目に留まったのが「東京から二時間で行けるヨーロッパ」と銘打ったパンフレットだった。表紙はウラジオストックの写真だったが、片隅に「サハリン」の文字があった。

『サハリンって、日本人でも行けるんですか？』

ロシアと領土問題で揉《も》めているせいで、日本人の渡航は禁止されていたのではなかったか？　すると、窓口のスタッフは『行けますよ。成田からの直行便のツアーです』と教えてくれた。二〇一八年現在、自由に渡航できないのは国後《くなしり》や択捉《えとろふ》などであって、サハリンへの旅行は何ら問題ないという。

改めてパンフレットを見ると、成田からの所要時間は二時間ちょっと。日程は四泊五日で、旅費も手頃だった。別れたからといって旅行まで中止するのは負けたみたいで悔しいと思っていた。とはいえ、一人で九日間のイギリス行きは荷が重い。でも、四泊五日なら。東京から二時間ちょっとなら。大丈夫、このツアーなら、一人で参加できる……。

『やっぱりキャンセルじゃなくて、行き先を変更するだけにします』

こうして、半ば衝動的に萌衣はサハリン行きを決めたのだった。

＊

バスはユジノサハリンスクの市街地を抜け、小一時間ほど走り続けた。今日、最初の行き先はコルサコフ。かつて大泊《おおどまり》と呼ばれ、樺太の玄関口として栄えた港町だった。鉄道と並んで、萌衣が楽しみにしていた訪問先である。

女社長の不在は寂しいが、マンガに登場した港の風景をこの目で見られると思うと胸が弾んだ。建物の多くは変わってしまっているだろうが、いくらかは昔の面影が残っているはずだ。ユジノサハリンスクでも、戦前の建物や家がぽつりぽつりと残っていた。

ガイドの解説によると、少し前までサハリンは経済状況が芳しくなく、建物でもインフラでも、壊れるまで使わねばならなかった。おかげで、昔の風景が長く残った。ところが、ここ数年は天然ガスの採掘によって、事情が変わった。潤沢な「ガス田マネー」による建設ラッシュが始まったのだという。あの恨めしい鉄道の運休も、戦前から使っていた狭軌のレールを、大陸と同じ広軌に敷き直すだけの余裕ができた証《あかし》らしい。それまではレールに合わせて日本製車両が使われていたが、工事が終わればお払い箱だ。

鉄道だけでなく、日本統治時代の建物や工場はどんどん建て替えられ、新しい街並みへと変わっていくのだろう。「ノスタルジック・サハリン」の看板を下ろさねばならなくなる日もそう遠くはないのかもしれない……。

やがてバスは丘の中腹にある駐車場に到着した。

「この坂の上に、港を一望できる展望台があります。がんばって登りましょう」

結構な勾配《こうばい》の坂道だったが、がんばるというほどの距離ではない。展望台のほうも、ベンチがぽつんと置いてあるだけの、だだっ広い草っ原である。日本の観光地によくある望遠鏡の類《たぐい》もなく、味気ないというか、素っ気ないというか。

ただし、眺めは抜群で、しかも快晴だった。途中に視界を遮る建物が何もないおかげで、港とその周辺が一望できる。

深い青の水平線と、緑がかった入り江の色は、北の海のイメージそのものだ。栈橋に群がるように、大小様々な船がひしめき合っていて、少し陸側へ目を移せば、コンテナや大型トラックが並んでいる。荷下ろしに使うのだろう、栈橋に沿って鎌首《かまくび》をもたげた蛇を思わせるクレーンが数本。

今回の「聖地巡礼」のために、スマホに電子版のコミックスをダウンロードしておいた。港が描写されているページを呼び出し、拡大してみる。スマホを持つ手をうんと伸ばして、目の前の風景と並べてみる。入り江の輪郭と、栈橋の形、家々の間を走る道。……同じだ。建物や乗り物の形状は変わっても、地形は変わっていない。

そこからは、夢中で写真を撮り続けた。マンガの登場人物たちが船から荷を下ろした場所、走り抜けていった道、想像するのは造作もなかった。

高台から港へとスマホを向け続けていると、さすがに腕が疲れてきた。スマホをバッグにしまい、改めて周囲を見回す。ただの草っ原だと思っていたが、よくよく見れば、足許《あしもと》に小さな花がいくつも咲いている。

見慣れたクローバーもあれば、アザミもある。かと思えば、スミレに似た色の、でもスミレとは異なる花もある。七月とはいえ、サハリンは涼しい。日本で言えば、五月上旬くらいだろうか。一斉に花が咲く季節だ。

改めて歩き回ってみると、オレンジ色の可愛らしい花が咲いているのを見つけた。子供がクレヨンで描いたような形の花びらが、これまた子供が描いたお日様のように並んでいる。思わず手を伸ばしかけて、やめた。野に咲く花を摘むのは、褒められた行為ではない。

「触ったって大丈夫だよ。別に、かぶれりゃしねえよ」

萌衣が手を引っ込めたのを見ていたのだろう。バスの中で「そういうの、セクハラっていうんだよ」と助け船を出してくれた高齢男性だった。

「よく知ってる花なんですか？」

「この辺りじゃあ、どこでも咲いてたもんだ」

「そうなんですか。可愛い花ですよね。なんていう名前なんですか？」

「ロスケタンポポ」

「えっ？」

「名前のほうは可愛くねえわな」

その男性が立ち去った後も、萌衣はしばらく動けなかった。不用意にまずいものを口に入れてしまったような気分になった。

ロスケ、というのがロシア人の蔑称《べっしょう》だということは知っている。かつて樺太に住んでいた人がそう呼びたくなるのも無理はないとも思う。聞きかじりの知識であっても、想像するくらいはできる。

ただ、それでも抵抗がある。過剰反応かもしれないと思っても、ややもやするものを感じてしまう。「セクハラだよ」と言ったのと同じ人が、吐き捨てるような口調で「ロスケ」と言ったことに。

＊

展望台での短い自由時間の後は、コルサコフの市街地を通って旧亜庭《あにわ》神社跡へ向かい、歴史博物館を見学し、地元の客で賑《にぎ》わうカフェで昼食をとった。

人気店なのだろう、決して広いとは言えない店内に、詰め込めるだけの客を詰め込んでいた。隣の客と肩が触れ合いそうになるくらい椅子と椅子とが近いし、テーブルの広さもぎりぎりで、さっさとスープとサラダを食べてしまわないとメインの皿を載せるスペースがないといった案配だった。

ただ、味のほうは申し分なく、パプリカとキュウリをドレッシングで和《あ》えただけのサラダも、酸味の利いたサリャンカというスープも、目を見張るおいしさだった。その後に出てきたサクラマスのムニエルも、レモンとコショウのシンプルな味付けで食べやすい。もう少しゆっくりできる店だったら、「白いご飯が欲しい！」と叫んでいたところだ。

ロシア料理といえば、ボルシチとピロシキくらいしか知らなかったから、肉ばかりの脂っこい料理をイメージしていた。ところが、昨日の昼食と夕食は、決して脂っこくはなく、野菜も十分に使われていた。参加者の多くが高齢者だったから、日本人向けのあっさりした料理を出す店を選んでいたのかと思ったが、この店は明らかに地元の客ばかりだ。しかも、彼らの多くが魚料理を食べている。

海に囲まれたサハリンだから魚を好む住民が多いのか、モスクワやサンクトペテルブルクでもそうなのかはわからない。だが、サハリンのロシア料理は日本人の口に合う。考えてみれば、ロシアは海を隔てただけの隣国だ。首都モスクワがヨーロッパにあるとはいえ、決して遠い国ではないのだと気づいた。

＊

コルサコフを出発したバスは、再び山を越えて北へと向かった。次の行き先は、スタロドゥプスコエ、戦前には栄浜《さかえはま》と呼ばれていた海辺の町である。宮沢賢治《みやざわけんじ》が『銀河鉄道の夜』の構想を得たのは、栄浜までの汽車旅とされているという。

皆、食後で眠いのだろう、午前中とは打って変わって車内は静かだった。展望台での一件のせいで、萌衣もおしゃべりに耳を傾けたい気分ではなくなっていたから、正直なところ、ほっとした。やっぱり高齢者は苦手だと思った。

ぼんやりと車窓を眺めていると、山に差し掛かる辺りから、日が陰り始めた。やがて分厚い雲が広がって、バスを降りたときには空はすっかり灰色になっていた。風も冷たく、半袖《はんそで》では少々肌寒い。

「今から一時間の自由時間です。ここはかつて、琥珀《こはく》海岸とも呼ばれて、浜に琥珀がごろごろ転がってたそうなんですが」

琥珀と聞いて、おおっ、と声が上がる。だが、ガイドが苦笑しながら、添乗員の言葉を引き継いだ。

「ジモトの人、全部、拾ってしまいました。今はもう、残ってないです」

なあんだ、とまたまた一斉に声が上がると思っていたが、実際には萌衣の声だけだった。

「いやだ、恥ずかしい」

「いえいえ。私も初めてその話を聞いたときには、なあんだって言いました」

添乗員がすかさずフォローしてくれる。

「でも、琥珀はなくても、花の多い季節ですので、海辺の散策は楽しめますよ」

確かに、至る所に花が咲いていた。波打ち際は大量に昆布が打ち上げられていて茶色一色だったけれども、少し離れると、砂地から道路まで草の緑が広がり、色とりどりの花が咲いている。

崩れかけた掘っ立て小屋に、錆《さび》だらけの小型トラック、使っているのかいないのかわからない古い漁船。人の作ったものはどれもボロボロなのに、咲いている花は鮮やかだ。濃いピンクのハマナス、青紫のルピナス。キンポウゲに似た黄色い花、マーガレットを小さくしたような白い花。

足が止まる。オレンジ色の花が咲いていた。言われてみれば、一重咲きではあるものの、花びらの形はタンポポに似ている。じっと花を見下ろしていると、不意に声をかけられた。

「コウリンタンポポっていうのよ、その花」

老婦人だった。にこりともしないのは相変わらずだが、初めて話しかけられた。

「紅の輪っかのタンポポ」

紅輪蒲公英《たんぽぽ》、という漢字が頭に浮かぶ。よかった、ちゃんときれいな名前があったんだと思った。

「ロスケタンポポって呼ぶ人もいたけど、その呼び方、私はあまり好きじゃなかったわ」

展望台でのやり取りを聞いていたらしい。不快感を覚えたのは自分だけではなかったと思うと、ますます安堵感《あんどかん》を覚えた。しかし、老婦人は「ああ、あなたが今、想像した理由とは違うわよ」と言った。

「差別用語だからとか、そんなご立派な理由じゃないの。そんな言い方ひとつで憂さを晴らしてしまいたくないだけ」

淡々とした口調だったし、表情も穏やかなものだったが、その言葉にどきりとした。

「怒る相手を間違えたくない。見当違いの相手に八つ当たりして、それで何かをやり遂げたみたいな気分になって、怒りが薄れてしまったら、そっちのほうが嫌」

やはり、老婦人の口調や表情と、胸の内とは違っていた。怒りが薄れてしまったら嫌だという言葉に、怒りの深さを感じた。萌衣は相槌《あいづち》を打つこともできずに、ただ老婦人の顔を見る。老婦人の口許《くちもと》に、微笑とも苦笑ともつかないものが浮かんでいる。

「樺太への直行便ができたって聞いてから、ずいぶん迷ったのよ。帰郷じゃなくて、旅行でしょう？　樺太はもう外国ですって認めることになるから」

言われてみれば、ツアーの申し込みと同時にビザの申請が必要だった。渡航した後は、出入国カードが配布され、パスポートを常時携帯することを求められている。国内の旅行では、全く必要のない手間だ。

「迷って、迷って、やっと申し込んで、七十二年ぶりに帰ってみたら、やっぱり外国になってた。豊原も、大泊も。ここで生まれて、五十年以上暮らしてきた人たちがいるんだものね。覚悟はしてたけど、悔しかった」

何を食べても美味《おい》しくて、萌衣には一気に近くなったように思えたロシアだが、老婦人にとっては全く逆だった。生まれた場所が「外国」になった。遠ざかってしまったのだ。

「ごめんなさいね、こんな話をして」

言葉に詰まった。老婦人は萌衣が苦手とする高齢者の典型だった。気難しそうで、何を考えているのかわからなくて。小学生のころ、高齢者に戦争体験を聞くという行事があるたびに、結構な割合でこのタイプに出会《でく》《わ》した。

「無理しなくていいのよ。答えに困るわよね」

「いえ、そんなこと……」

「でもね、来てよかったって思うこともあったの。あなたみたいな若い人がいたこと。好きなものがあるっていう理由で、旅行先に樺太を選ぶなんて、私たちにはない発想だものね。何だかとっても素敵じゃない？」

そう言われて、後ろめたさを覚えた。居たたまれなくなった。自分でも呆《あき》れるほど狼狽《うろた》えた。

「ごめんなさい！　私、そんなんじゃないんです！」

発作的に言葉が飛び出した。素敵だなんて言われてしまったら、誤魔化せなくなった。褒められるようなことは何もしていない。

「私、カレシにふられて、ヤケっぱちになってたんです。大好きなマンガに出てきたのは本当ですけど、それ以上に、地の果てにでも行っちゃいたい気分だったから。素敵どころか、むしろ、みっともないっていうか」

彼は学部の同級生だった。新入生のオリエンテーションが隣の席で、何となく話してみたら、同じ鉄道好き、それも乗り鉄だった。

一緒にローカル線に乗りに行き、当たり前のように付き合い始めた。そのままの関係がずっと続くと思っていた。けれども、就活が始まると、すれ違いが増えた。決定的だったのは、萌衣のほうが先に内定を取ったことだった。

萌衣は、「その程度」と思っていたけれども、彼のほうはそうではなかった。そこで初めて、彼が「男の沽券《こけん》」とやらにこだわるタイプだったと知った。ショックだったのは、萌衣と別れていくらも経たないうちに、彼が別の学部の二年生と付き合い始めたことだった。もしかしたら、ずっと前から二股《ふたまた》をかけられていたのかもと思ったが、本当のところはわからない……。

「ふられただけ、たかがそれだけなんです。なのに、世界が終わるみたいな気持ちになっちゃって。ああもう！　ちっさいわ、私！」

老婦人が笑い出した。声をたてて笑う姿が想像できない人だったから、驚いた。もしかしたら笑っているのではなく怒っているのかもと、萌衣はあわてて謝った。

「なんか、すみません。地の果てとか言って。生まれ故郷なんですよね」

ひとしきり笑うと、老婦人は目尻《めじり》の涙を拭《ふ》いて、「そうじゃないの」と言った。

「ちっさいわ、って何だかおかしくて」

「そっちですか」

「だって、私も同じだったんだもの。家と学校が世界のすべてで、友だちとの仲違《なかたが》いよりも深刻な悩みなんてなかったわ。ね、ちっさいでしょう？」

もっとも、老婦人は返事を求めていたわけではなかった。萌衣が何も答えていないのに、老婦人は話を続けた。

「小さくて結構。誰かを好きになったり、ふられたり、それで落ち込んだりできるのは、いいことじゃないの。負い目に思う必要なんて、これっぽっちもないんだわ」

負い目と言われて、気がついた。あのもやもやした気持ちの正体は、負い目だったのだ。差別的な言葉が不愉快だっただけでなく、ずっと平穏無事に暮らしてきたことへの後ろめたさがあった。だから、自分には相手を不快に思う資格などないのだと。

「同じ小さくても、私のほうはあまり結構じゃないと思うんですよね。平和ボケしてるとか、苦労を知らない甘ちゃんだとか、そういうのは本当だと思うし」

うんと上の世代から繰り返し投げつけられてきた言葉だ。だから、反感を覚えても口を噤《つぐ》むのが習い性になった。そのくせ、褒められれば狼狽える。何を言われても、自分にはその資格がないからと思ってしまう。

「平和ボケの何が悪いの？　人がばたばた死ぬのを見たり、ソ連兵に怯《おび》えたりするより、よっぽどいいじゃないの」

「そう……でしょうか」

「そんなこと言う人には、言い返しておやりなさいな。平和ボケの何が悪いんですかって。苦労知らずのどこがいけないんですかって」

老婦人が、水平線に目をやった。そうよ、というつぶやきが、その口許から漏れる。

「当たり前が当たり前じゃなくなる瞬間なんて、知らないほうがいいに決まってる」

黙り込んだまま、老婦人は海を見ていた。立ち去ることもできず、かといって口を挟むこともできず、萌衣はただ隣に並ぶ。別に何も言わなくてもいいか、と思った。口を噤んで、言葉をしまい込むのではなく、黙って隣にいてもいいんだと、初めて思えた。

やがて、老婦人が振り返った。今度こそ、穏やかな表情が浮かんでいる。

「樺太が舞台のマンガがあるって言ってたでしょう？　読んでみたいわ。なんていうマンガなのか、教えてくださる？」

興味津々といった顔で言われて、萌衣はあわてた。好きな作品ではあるが、誰彼構わず薦めて良いものかどうか。好きな作品であるが故に、慎重にならざるを得なかった。

「ええと……かなり人を選ぶマンガなんですけど。グロい場面とかフツーにあるし」

「あら、何を言うかと思えば。あなたが生まれる前のマンガなんて、きっと、もっとすごかったわよ」

萌衣が思っていた以上に、老婦人のマンガ読みとしてのキャリアは長いようだ。人は見かけによらない。

「それに、読んでみなくちゃわからないでしょ？　人を選ぶなら、なおさら」

そう言って笑う様子は心底楽しげで、束の間、年齢の差を忘れそうになる。

「それもそうですね」

この人なら大丈夫かも、と思った。大丈夫であってほしい。少しどきどきしながら、萌衣はうなずいてみせた。

集合時間になってバスに戻る途中、家族五人で参加していた「おばあちゃま」と一緒になった。というより、おばあちゃまのほうが萌衣に話しかけてきたのである。

「ねえ、見て見て」

得意げに差し出された手のひらを覗《のぞ》き込むと、茶色い小さな粒がたくさん載っている。

「これ全部、琥珀《こはく》よ」

「えっ？　もう拾い尽くされて、残ってないって言ってたのに」

「こんな米粒みたいなのは、地元の人だって拾わないでしょ？　絶対、残ってると思ってたの。大当たりよ」

女社長や老婦人の印象が強烈だったせいで、おばあちゃまは地味でおとなしい人のように思っていたが、全く違った。実際には、読みが鋭くて、行動力のある人だったらしい。

「すごいですね。目の付け所が違う」

「まあ、根気は要るわねえ。でも、それだけよ。誰でもできることですもの」

誰でもできることかもしれないが、誰もやらなかった。少なくとも、自分はやらなかった。

「はい、おすそわけ」

米粒大の琥珀の中から、一番大きなものを選《よ》り出すと、おばあちゃまは萌衣の手に乗せた。声をかけてくれたのは、琥珀が残っていないと聞かされたとき、萌衣ががっかりした声を上げたからだろう。優しい人だ。

「ありがとうございます。記念にします」

「あらまあ。記念だなんて、うれしいこと。こちらこそ、ありがとう」

目を細くして笑うおばあちゃまは、やっぱり可愛らしかった。

＊

四日目はホルムスクの町を散策した後、ユジノサハリンスク市内の鉄道歴史博物館と日本人墓地を見学した。最終日は市場で買い物をした後、空港へ向かい、午後二時には成田に到着した。その日は三十五度超えの猛暑日で、タラップを降りながら涼しいサハリンが恋しくてたまらなくなった。

快適な気候だけではない。サハリンはとても風光明媚《ふうこうめいび》な場所だった。道端に咲く花も、なだらかな山並みも、曇りがちの空でさえもきれいだった。何より、食べた料理の何もかもがおいしかった。店毎に違うオリヴィエ・サラダも、野菜と魚介が多めのメニューも、嚙《か》み締めるほどに麦の香りが立つパンも、どれも萌衣のストライクゾーンだった。

行きは生きた心地がしなかった飛行機でさえ、帰りは愛《いと》おしく思えた。圧迫感のある機内も、一言たりとも聴き取れないアナウンスも、不規則な揺れも、何もかもが。もう一度行きたい、社会人になったらボーナスをぶっ込んで、そうだ、次は冬がいい、流水を見に行くんだ……などと考えていた。サハリンから帰ってしばらくの間は。

「まさか、こんなことになるとは」

溜息《ためいき》をつきつつ、体温計の数字を見る。平熱だった。二回めのワクチン接種の後、四十度近い発熱があったことを思うと、三回めは驚くほど軽い。念のために、接種翌日の今日は有休をとったが、これなら必要なかった。

サハリン旅行の翌年、萌衣は社会人になった。新入社員の毎日は忙しく、覚えることも多ければ、叱られること凹《へこ》むことも多々あった。そのたびに、おばあちゃまの『まあ、根気は要るわねえ。でも、それだけよ』という言葉が耳に蘇《よみがえ》った。いつしか萌衣は「打たれ強い新人」の肩書きをもらい、それなりに自分の居場所を確保した。夢中で仕事をしているうちに二〇一九年は終わった。

二〇二〇年の初詣《はつもう》では、おみくじに「旅行・近きに吉」と書かれていて、サハリンを指しているのだろうと思った。ただ、今から有休を申請してツアーを予約しても流氷には間に合わないから、それなら五輪の真っ最中に、外国人観光客で混み合う東京を脱出してサハリンに行こう……などと考えていたのに、二月にはコロナ禍で海外旅行どころではなくなってしまった。「近きに吉」は、近場にしか行かれなくなることを意味していたのかもしれない。二〇二二年の今に至るまで、萌衣のパスポートはあのときのままだ。

「次があるとは限らない、かぁ。女社長、おっしゃるとおり。さすがですわ」

女社長は、老婦人は、おばあちゃまは元気だろうか。ニュースで高齢者が重症化しやすいと聞いたときには、連絡先を交換しておかなかったことを心底後悔した。いや、同行したのはたった五日間なのだから、個人情報までは明かさないのが普通だ……。

菓子パンを牛乳で流し込む。今日は昼過ぎまで寝倒した。これが本日一食めだが、遅めの朝食どころか、遅めの昼食である。すでに父も母も出かけてしまって、家には萌衣一人だった。

何となくテレビをつけていたが、こんな時間に視聴する習慣がないせいか、ちっとも面白くない。リモコンに手を伸ばすと、まるでその瞬間を待ち構えていたかのように、画面が切り替わった。

ヘルメットに防弾チョッキ姿の男性記者が大きく映し出される。背後に広がる夜景は辛《かろ》うじて異国のものとわかる。現地時間五時二十分、爆発音を確認しました、と緊迫した口調。北京五輪が閉幕した後、ロシアとウクライナの緊張関係が報じられない日はなかった。老婦人の言葉が頭の中をぐるぐる回る。

『当たり前が当たり前じゃなくなる瞬間なんて、知らないほうがいいに決まってる』

東京から二時間あまりの場所が、地の果てよりも遠くなったのを感じながら、萌衣はただテレビの画面を見つめていた。

あなたと鯛茶漬けを

図子 慧

図子慧（ずし・けい）

一九六〇年、愛媛県生まれ。八六年「クルトフォルケンの神話」で第八回コバルト大賞を受賞しデビュー。ライトノベル、一般文芸書を多数執筆。主な著書に『アンドロギュヌスの皮膚』『ラザロ・ラザロ』『愛は、こぼれるqの音色』『5分でわかる10年後の自分　2030年のハローワーク』など。

ゴトゴトと、およそ高速艇らしくない音をたてていたエンジン音が消えた。

世界が静かになり、船を洗う波の音が聞こえた。

呉港《くれこう》を出発したばかりだった。それなのに船が停まっている。海の真ん中で。

わたしは船窓から外をのぞいた。のどかな陽光にきらめくいつもの瀬戸内《せとうち》の海を期待して。

まっ白だった。何もかもが。

練乳のような濃い霧が、高速艇の窓にべったりと張り付いている。このルートは何度も利用しているが、こんな濃霧ははじめてだ。

「おーい」

人の呼び合う声が、船の外から聞こえた。外？　頭上から複数の足音が響く。甲板をあわただしく歩きまわっている。録音された女性のアナウンスではなく、中年男性の声が「船長です」と告げた。

「霧のため、海峡での航行規則にしたがって停船しております。船の安全に問題はありません。いましばらくお待ちください」

わたしと四人ほどの乗客は待った。

その間、ぷかりぷかりと船は波に揺られつづけた。霧の中、何もみえないし状況もわからない。もしかして何時間もこのままなのか、と不安になった。外にでようにも海の真ん中だ。どこにもいけない。

怖いと思いながら、心のどこかが、期待に震えている。小さな興奮と高揚感。子どものようにワクワクしながら、何かが起きるのを待っている。自分ではどうすることもできない、つまりこの瞬間のわたしには一切の責任がないということ。

今だけは、病院からかかってくる電話のことを忘れてもいいのだ。仕事のことも、介護のことも。霧の中では、わたしは無力でも許される。気持ちが軽く自由になった。

とはいえ周りの人が携帯を取りだしたのをみて、自分もやらなければならないことを思いだした。港まで友人が迎えにきてくれることになっていたのだ。メッセージを送った。

『霧で船がとまっちゃった』

窓の外を一枚撮って、ののさんに送信した。『すごい!』のリアクションが返ってきた。

遅ればせに、アナウンスされた海峡が、音戸《おんど》の瀬戸《せと》だと気が付いた。音戸の瀬戸は、呉港の出口のひとつで、島と陸のあいだの狭い海峡だ。潮の満ち引きにあわせて、激しい潮流が行き交う。平清盛が開削して大きな船も通れるようにしたという伝説があるが、実際には、海峡の岩盤が硬すぎるため、いかに清盛といえど開削は不可能だったろう。

海峡の北と南にはそれぞれ大きな橋がかかっていて、海峡の出口と入口の目印になっている。

空をみあげたが、乳白色の蓋《ふた》におおわれたようだった。心なしか霧は薄まって船の装備品がみえるようになった。

ふいに船首側から黒っぽいものがあらわれた。霧を割って、みるまに空へとせりあがってゆく。巨大で硬質な塊。恐怖でわたしは凍り付いた。岸壁かもしれない。衝突するのだ。あー、と乗客のだれかが悲鳴をあげた。霧をまといつかせた塊は船窓に迫ってきて、尖《とが》った切っ先の濡《ぬ》れた表面までくっきりみえた。

船首にナンバリングされた数字で、ようやく自分が何をみているのかがわかった。呉港に帰港する海上自衛隊の船だ。

恐怖にふるえながら、わたしは通りすぎる海自の船をみあげた。

霧のせいで、海自の船がどのくらい大きいのかわからなかった。高い船首が霧に消えたあと、甲板にたつ隊員がちらりとみえた。一瞬目が合ったと思うほど近かった。

大きな海自の船は、小さな高速艇を揺らしながら通りすぎていった。

そのころには海霧は薄れはじめて、岸壁と島影が目視できるようになっていた。危険は脱したようだ。知らず知らずのうちに座席のアームレストを握りしめていた。力を抜いて首の後ろの汗をぬぐった。鼓動が落ち着くのを待った。高速艇はゆっくりと海峡を通過した。見慣れた海峡入口のブイがみえた。

ののさんからメッセージがきた。

『お店に連絡をいれたよ。イタリア料理屋だよ。隠しメニューに期待してね』

ののさんは、わたしのご飯の師匠だ。彼女の車で、美味《おい》しい店につれていってもらうことになっている。隠しメニューというのは鯛茶漬《たいちゃづ》けか鯛飯か。今日のご飯を考えただけで、恐怖はすっかり消えて、口の中に唾液《だえき》がたまってくる。

座席によりかかって外をながめた。春の日差しを受けた海がきらきらと輝いていた。

うちは外食しない家庭だった。家族揃っての外食は、一度もなかったと思う。

理由は、我が家が病人だらけだったからだ。わたし以外は、食事制限が必要な病気を患っていて、食卓には、糖尿病に高血圧、腎臓《じんぞう》病の療養食が並んでいた。しかし、当の病人たちは療養食に文句をいい、隠れて酒を飲んだり菓子を食べたりしていた。

病人たちは年齢順に悪化し、入院して亡くなった。看取《みと》りは楽ではなかった。十七歳のとき父を見送り、二十三歳で兄を失った。わたしと母はくたびれ果てて、食への関心を失った。

療養食に慣れた母は、外食を嫌った。味が濃すぎる、といった。肉や魚も好まなかった。

その淡泊さが、実は母を蝕《むしば》む病からきていることに、母自身もわたしも気づいてなかった。症状があらわれて病院にいったときには、母の病気は末期に近かった。

月曜日の夜、母が苦しみだして、わたしは車で掛かりつけの病院に運びこんだ。そこでは応急処置しかできないということで、急きょ松山《まつやま》の大学病院に転院することが決まった。わたしは救急車に同乗して母に付き添い、その後三日間、病院に足止めされた。

自宅に帰るかどうかで悩んだ。車を取りに自宅に帰る必要があるのだが、帰ったところで、すぐに病院に呼び戻されるかもしれない。交通費を考えるとホテルを取ったほうがよいのだが、検査結果がでるのは週明けだ。連泊になる。

主治医との面談のあと、みみっちい計算をしながら病棟を通りぬけようとして、カウンターのチラシに目が引かれた。芝居のチラシだ。『脚本を待ちながら』というタイトル。病院内のイベントだろうと思って、一枚もらってバッグにいれた。

結局、自宅には帰らないことにしてホテルを取った。市内の大手ホテルチェーンで、病院に近い。ネットのクーポンで安い部屋を取ることができた。

ナースセンターにホテル名を伝えて、三日ぶりに病院の外にでた。空気は新鮮で、伊予《いよ》電の座席は柔らかかった。寝てしまわないよう、気を張って目を開けていた。ホテルの部屋は期待したより広くて清潔で、Wi-Fi は文句なしだった。長時間シャワーを浴びた。シャワーのあと、パソコンを開いて仕事のメールをチェックした。

わたしは予備校に勤めている。講師をしていたのだが、介護がはじまって、という介護が再開したため授業を担当できなくなった。退職願をだしたところ、支局の試験部門から声がかかって、そちらの仕事をすることになった。

今は講師のままテスト作成部門にいる。中学入試のテスト問題を分析して、傾向を割り出す。四国中国エリアが担当だから、広島の私立中学も担当していて、ときどき出張がある。一年契約の講師なのに担当する授業がなく、交通費などの諸手当がつかないため、給料はため息がでるほど安い。

メールを四通送ったあと、ベッドに仰向《あおむ》けになった。窓からの日差しで、まだ昼間だと気が付いた。そういえば、今日は何か食べたっけ？　空腹に慣れきった胃袋は、もう泣き言すらいわない。バッグをあけて持ち歩いている簡易食品を取りだして、水で流しこんだ。

ゴミを捨てようとしてチラシが手に触れた。握りつぶしたあと、思いなおしてチラシを広げた。病院のイベントではなかった。劇団マーマドンナ。今日の三時が最終公演。当日券五百円。劇場は、ホテルから歩いていける距離だ。チラシの番号に電話をかけて、空席があるかたずねた。あるという。チケットの取り置きを頼んで名前を伝えた。

チラシをみながら、お堀に沿って歩いた。古めかしい路面電車が、わたしをゆっくりと追い抜いた。自宅は県境で、買い物のときは松山ではなく高松《たかまつ》にいくことが多い。平板な高松と比べると、松山は街の真ん中に城山があって、いかにもな城下町だ。お城には今でも殿様が住んでいるようにみえる。

信号で市電に追いついて、また追い抜かれた。細い道に入って、幼稚園のようなクリーム色の建物をみつけた。劇団ののぼりが立っていた。

早すぎたのか受付には人がいなかった。通路の奥に、女性が数人集まって、何やら話しこんでいる。中央でうなだれている女性を、みなが励ましているようにみえた。一人がわたしに気付いてあわててやってきた。

「ごめんなさい、席を外してて」

チケットの半券と劇場のパンフレットと、アンケート用紙を受けとった。

クリーム色のホールにはパイプ椅子が並べられ、十人ほどの客が開演を待ちながら話をしていた。年齢は八十代から、下は大学生まで。近くにいた若い男性客が声をかけてきた。

「もしかして、ののさんの知りあい？」

「いえ。チラシをみて面白そうだったので。はじめてです」

フリの客だ、という小さなざわめきが起きた。もしや場違いなところにきてしまったのだろうか。不安になったとき、前列の人たちが笑いかけた。

「わたしたち、役者の身内なの。動員をかけられちゃって。新規の人は大歓迎」

開演が近づくと、席は大分埋まってきた。役者の身内や友だちが多いようだが、わたし同様に一人できたらしい観客もいて、ほっとした。

芝居がはじまると、子どもの扮装《ふんそう》をした若い女性たちが、甲高い声で言い争いをはじめた。話の筋がさっぱりわからない。途中、演出家があらわれて、存在しない場面について弁明をはじめた。脚本が間に合わなかったため、二幕め以降がないのだという。客席から盛んにヤジが飛んだ。

次の幕は、キャストたちが、カラオケをしながら演出家の悪口を言って憂《う》さ晴らしする場面だった。歌が予想外にうまくて楽しめた。あけすけな暴露話に観客はゲラゲラ笑った。

演出家が戻ってくると、こんどは舞台に座布団ややかんが投げこまれた。演出だと思いながら、気がつくとわたしも笑っていた。馴染《なじ》みのない温かさに包まれて、気持ちが弾んだ。こんなに楽しいのは何ヶ月ぶりだろう？　いや何年ぶり？

拍手とともに芝居が終わったあと、観客たちは椅子を片付けはじめた。わたしも椅子を運んだ。打ち上げのチラシが回ってきたが、ほとんど読まなかった。自分は部外者だと思ったから。

だが、「すごく美味しい居酒屋なんです。ぜひ」と誘われて心が動いた。はじめて会う人たちと夜道をぞろぞろ歩きながら、わたしは何度も携帯電話の着信を確かめた。病院からの着信はなかった。

予約していた居酒屋の二階席では、劇団員や客たちが従業員そこのけで料理やビールを運んでいた。打ち上げの乾杯がおこなわれ、各人が自己紹介していった。劇団、団員の友だち。団員の祖父母。その頃には人数は倍に増えて、部外者であることはまったく気にならなくなっていた。

落ちついたころ、わたしが紹介された。

「モンカワさんは、今回はじめていらっしゃったお客さんです」

拍手があがった。どこで芝居のことを知ったのか、と口々に聞かれて、「大学病院にチラシがありまして」と答えた。「チラシ！」と宴席の反対側から素《す》っ頓狂《とんきょう》な声があがった。

背の高い若い女性が、人と人の隙間を文字通り転がりながら、こちらにやってきた。ジーンズに男物らしい網目の大きなセーター、色白の素肌が桜色に染まっている。

「そ、そそそのチラシって、病院のどこにあったの？」

必死の形相だ。ののさん、と周りに呼ばれているから、この人がののさんだろう。

「内科の四階カウンターに。かごに入ってたから、落とし物だったのかも」

「内科の四階？　四階のどのあたり？」

ののさんは背が高く、松山の人らしい柔和な目元をしているが、そのときは顔が引きつっていた。

「チラシの近くに、焦げ茶色のフォルダーがなかった？」

わたしは考えた。チラシの束の下に、茶色の本のようなものがあった気がする。

「分厚くて赤と白の付箋《ふせん》がはみでてる本は、みたけど……」

「それ！　それ、あたしのフォルダー！　内科の四階？　ナースセンター？」

そうだと答えると、ののさんは、携帯を取りだして部屋から駆けだした。数分して戻ってきたときは満面の笑みだった。両手でガッツポーズを作っている。彼女はわたしの前に座りこむと、わたしの手を握って、うるうるした目を向けてきた。

「モンカワさん、ありがとう。命の恩人だよ。弟の入学書類をフォルダーにはさんでたの。入学金支払いの領収書の入ってるやつ。銀行も大学も休みだし、〆切《しめきり》の消印は今日までだから死にそうだったよ」

ののさんは、向かい席にきた他人のビールのジョッキを手に取ると、ごくごくと飲み干した。

「あー。生き返った」

次の瞬間、彼女はギャーと叫んだ。

「飲んでしまった！　今から車で病院にいかなきゃいけないのに」

みながゲラゲラ笑った。「病院まで送るよ」といった人もいたが、ののさんはそれを断り、バッグを持って店をでていった。


一時間後、彼女が戻ってきたころには、料理はほとんどなくなっていた。ののさんは晴れやかな表情で、わたしの隣に座りこんだ。落とし物は無事みつかり、タクシーで中央郵便局に駆けこんで書留を送ってきたそうだ。

「郵便局で送りおえたあと、急に酔いが回って腰が抜けちゃったよ。でも送ったから問題なし！　あ、ビール大ジョッキで」

ビールを飲みつつ、ののさんが美しい標準語で語ったのは、わたしの一か月分を凝縮したような一日だった。朝イチに劇場で打合せして、弟の入院先にいって病室で入学書類をチェック。主治医と面談。出勤して録音技師としての仕事をこなしたあと、郵便局にいったところ書類がなかった！　のだそうだ。

どこで落としたのかわからず、問い合わせをしながら劇場についたものの、絶望のあまり受付で泣き崩れていたところを、わたしはたまたま目撃していた。

「うちの弟、今、大学病院の精神科に入院してるの。内科の治療も受けたので、そこのソファでカバンの整理をしたんだ。そのとき落ちたんだと思うの」

確かに彼女は荷物が多かった。四つ持っているバッグはどれも中身が入りすぎて爆発しそうにみえた。

「チラシも一緒に落ちてよかったよ。おかげでモンちゃんと奇跡の出会いができた!」

奇跡。入院中の家族を抱える者同士が、大学病院で劇団のチラシをみつけたら、とりあえず見に行く可能性は、奇跡よりはほんの少し高い気がする。

ののさんの弟は鬱病《うつびょう》で、十代後半に発症して早期の集中治療で軽快している。二年遅れで高校を卒業して、今年、めでたく第一志望の大学に合格した。

「大学病院の精神科っていいところなんだよ。先生は優秀だし、看護師さんたちもやさしくて優秀だし。三か月しかいられないのが残念だよ」

ののさんにつれられて、わたしも親のことや自分の仕事の話をした。

家族の病状について、こんなに気軽に話せる人ははじめてだった。ののさんは、劇団マーマドンナのメンバーを紹介してくれた。全員が女性で、それぞれが家族の問題を抱えているそうだ。年二回公演を行っていて、固定のお客さんもいる。

彼女たちと話をしているうちに、初対面の緊張がほぐれて身体が温かくなるのを感じた。頭がふんわりして、今いる居酒屋の二階の人や什器《じゅうき》、空のビール瓶、すべてのものが急に輝いてみえはじめた。酒は一滴も飲んでない。ただ純粋に会話が楽しかった。わたしの言葉がののさんにすっと受け入れられている。同じように彼女の言葉がわたしの中に染み通る。こんなにも楽に会話ができる相手ははじめてだった。

「いやあ、びっくり。モンちゃんみたいに、話しやすい人ってはじめてだよ」

ののさんが、わたしが感じているのと同じことをいった。

「モンちゃん、テスト問題を作ってるんしょ？　よかったらあたしたちの劇団の脚本をチェックしてくれないかなあ」

「や、英語だし。それに戯曲は門外漢で」

店の従業員がラストオーダーを取りにきた。

ののさんは、「鯛茶漬《たいちゃづ》けを食べようよ」と提案した。わたしは、空っぽになった刺身皿をみた。

「でも刺身は残ってないよ？　鯛も何も」

わたしにとっての鯛茶漬けは、法事のあとで食べ残された刺身で作る女子ども用の残り料理だ。傷みかけた刺身を醤油《しょうゆ》もろとも軽くあぶって、茶漬けにする。宴会で男たちが吸ったタバコの臭いがするその茶漬けが、わたしは好きではなかった。

「刺身の残りで作ったりしないよ。ここのは炊き込み。美味《おい》しいよお」

人数分できた鯛茶漬けは、平たいどんぶりに入っていた。椀《わん》のふたをとると、湯気とともにふっくらした麦飯の炊き込みご飯と鯛の香りが広がった。箸《はし》先で、大粒の鯛の白い身がほろほろとこぼれる。淡い金色の出汁《だし》につかった麦飯は、やわらかいがしっかりして、噛《か》みしめると、麦飯の特有の香ばしさと鯛の旨《うま》みが口中に広がった。あまりの旨さに、ほうっと熱気が頭にのぼってきた。

「美味しい」

「いろんな鯛茶漬けがあるけど、あたしはここのが好き」

ののさんの細い目が笑顔に溶けた。

母は二か月の入院が決まり、わたしはノートパソコンと着替えを抱えて、松山と自宅を往復することになった。自宅と病院の間は高速道路を使えば、車で一時間半、一般自動車道なら二時間余り。

病室の母と会話したあと病人のこまごまとした用事を片付けて、市内の支局に出勤。支局の会議室を借りて仕事をしたあと、病院へ。その後、予定が会えば、ののさんたちと合流して、夕飯を食べた。夜更けまで話をすることもあった。夜は、病院の駐車場にとめた車の中で仮眠を取った。

自宅には二日おきにもどった。不思議と疲れなかった。会話が奔流のようにわたしの中に渦巻いて流れ込み、全身の細胞を活性化させていた。こんなふうに他人と濃密に付き合うのははじめてだった。頭の中はののさんのことで一杯だった。

ののさんは背が高く、柔らかな雰囲気と美しい声の持ち主だった。劇団の主宰というより、劇団の便利係のようにみえた。いつも動きやすいパンツ姿だったが、どの服も質がよかった。

役者ではない彼女は、劇団の稽古場《けいこば》では、他の団員たちの相談事の受け止め役だった。わたしはガレージのおんぼろソファに寝転がって、メンバーたちの会話を聞いていた。

週末ともなれば、稽古場に泊まりこみ、雑魚寝《ざこね》しつつ徹夜で話をした。今まで誰とも交わしたことのない親密な打ち明け話に、わたしは頭までドップリと浸《つ》かった。親とのいびつな関係、依存や虐待、性被害。傷を持った同士でないと話せない、と、ののさんはいった。

「だれかに話さずにはいらないけど、相手の対応に傷つきたくないんだ。だから互いに同じ傷を持ってる同士で話をして、痛みに飲み込まれそうなときに手を握ってもらうの」

ふむ。

車の中で仮眠を取っていたとき、ののさんの言葉を思い出して、自分の左手首を右手で握ってみた。自分の手だと何も感じないようだ。記憶に検索をかけた。

我が家は問題だらけだった。DV、ネグレクト、障害、飲酒。父親から髪をつかまれ、廊下を引きずり回されたこともある。

父の死後、家族のあいだでは、父のDVについて一言も口にされなかった。語ることなく家族は一人ずつ死んでいって、母はいまだに黙ったままだ。わたしはだれかに聞いてもらいたいか？　わからなかった。

それで、聞き役に回った。

どのみち彼女たちの怒濤《どとう》のような告白に、わたしが口をはさむ隙などなかった。メンバーたちによれば、みな最初は自分のことを語れなかったのだという。他の人の体験談を聞いているうち、だんだんと自分のことを話せるようになったそうだ。いつかわたしも自分の家族について話せるようになるのだろうか。

「うちゃあ、演技することに抵抗があったんよ」

薬剤師をしているミアさんは細身で洗練された美人だが、見た目を裏切って、こてこての伊予弁だった。

「それは劇団の結成前のことですか？」

「そうそう。なんや舞台に立ったら、他人の自分をやっとる気持ちになってねえ。目の前が晴れたちゅうか、そっから芝居が好きになったんよ」

他のメンバーはうんうん、とうなずいている。ミアさんの言葉にわたしが驚いていると、ののさんが解説してくれた。

「あたしの友だちが別の劇団を主宰してて、そこの劇団の公演の手伝いに、みんなを引っ張りこんだの。朗読劇。そしたら全員がハマっちゃって。あたしたちだけで劇団を作ろうってなったのよ」

先に人間関係があって、そこから劇団が生まれたということか。わたしは納得した。道理で戯曲の話が一度もでないはずだ。

「自分たちの問題を、家族の前で演じてるんだ。ズバリいえないときは役割を交換したりするけど、当事者にはわかるでしょ？　そしたら家族関係がよくなってね。モンちゃんも、やらない？」

わたしは考えた。

「役者は無理だけど、裏方ならできるかも」

その場にいた人たちに受けいれられて、わたしは仮のメンバーになった。仕事は、劇団の座付き脚本校正者だが、肝心の脚本が完成してないため、何もすることがない。脚本家は、舞台で『ごめんなさい』した男性だ。局のディレクターで連日残業つづき。

「中《なか》くんはまだ局にいるんちゃうかな」

ののさんが電話をすると、中くんは予想通り局にいて編集作業をしていた。「退屈だから遊びにきてよ」と招かれて深夜にぞろぞろとテレビ局にいった。ニュースの編集作業をながめた。

親しくなるにつれて、劇団のちがう景色がみえてきた。

最初のころは劇団の稽古場には、外部の人たちもきていたし、新入りのわたしの前ではみんな猫をかぶっていたフシがある。だが、メンバーだけになると、口論や感情をあらわにする場面がたびたびあった。全員が同じように仲がよいわけではないことにも気が付いた。メンバー間の緊張があり、甘えがあり、嫉妬《しっと》が感じられた。

中心にいたのはののさんで、彼女は全員と友人だったが、メンバー同士は必ずしも友人関係ではなかった。劇団特有の、配役をめぐっての争いもあった。人間関係のクッションになっているのがののさんで、ののさんの空気穴がわたしだった。わたしはよそ者で、劇団メンバーと重なる交友関係を市内に持ってない。外に漏れないという点で、安全な聞き役だった。しかも母が退院すれば松山から立ち去る。都合のよい部外者だ。

「モンちゃんといると、すっごい楽」

道後《どうご》温泉の二階休憩室で、湯上がりのフルーツ牛乳を飲んでいたとき、ののさんがポツリといった。風呂《ふろ》上りのフルーツ牛乳は天国の味だった。甘くてほんのり酸味がある。この世のどこにも存在しない果実の味だ。道後温泉の二階ははじめてだった。「いったことがない」と話したところ、ののさんがレトロな二階に誘ってくれたのだ。

「モンちゃんは人に説教しないし、どんな話題もウェルカムでしょ。あたしは恋バナもしたいんだけど、うちの劇団では男性の話題は御法度なのよ」

風呂上りの、ののさんの肌は上気して桃色だった。わたしは水蜜桃《すいみつとう》を連想した。

「そういえば劇団の人は、男性の話をしないね。男嫌いの人がいるとか？」

ののさんは眉《まゆ》をひそめて、湿った前髪をかきあげた。

「カタルさんとツベちゃんは、父親のせいで男性嫌悪。リアさんは過去のセクハラ被害で、性的なことには嫌悪感があるの。あたしは惚《ほ》れっぽいから、その話もしたいんだけど。実は弟の主治医がすんごくイケメンなの」

「でも弟さん退院したんでしょ？」

「まあね、一応は」

ののさんは、弟が精神科に入院した本当の理由を教えてくれた。以前は鬱《うつ》病と話していたが、直接の入院原因は自殺未遂だった。

ののさんの弟さんは発病するまで、中高一貫の進学校に通っていた。数学が得意で、数学科に進みたいという夢を持っていた。だが、父親にその進路を反対され、受験勉強のストレスもあいまって、不眠から鬱病を発症した。幸い病気そのものは軽快したのだが、何もかも元通りに戻ったわけではなかった。病気以降の彼は、数学、物理の複雑な問題を解く集中力を失ってしまっていた。数学の進路は諦《あきら》めざるえなかった。

「じゃあ、このあいだの入学書類は?」

「本人もやり直したいと思ってるから、地元大の教育学部に。でも、気分の変動が激しくて、入試のあとドーンと下がっちゃって。ODしちゃったんだよね」

過剰摂取(OD)。あまりに重い話にしばらく反応できなかった。

「弟はいっつも泣くの。自分が姉ちゃんの負担になってるのが辛《つら》いって」

ののさんはすすり泣いた。わたしの肩に顔を埋《うず》めて泣きじゃくった。よしよし、と頭をなでて、ののさんの髪の甘い香りをかいだ。

「慰められなくてごめん」

「ううん。モンちゃんの励まし、助かってる。心が入ってなくて、すごく楽」

「淡泊なもので」

「それって食べ物も?」

話題を変えるタイミングだった。わたしは自分の話をした。家族での外食経験がないこと、食事に興味がないこと。できれば食事を錠剤で済ませたいと思っていること。

食いしん坊ののさんには、信じられない話だったようだ。彼女は目を真ん丸にしたあと、怖い顔になった。

「だめだよ、そんな食事！」

ののさんは、人は美味《おい》しいものを食べて幸せになる義務がある、と力説した。さっきまで泣いていたのに、もう説教モードになっている。ののさん曰《いわ》く、食とは栄養だけではなく、文化や地域との一体化であり、他者との繋《つな》がりそのものである、と。

「美味しいものを食べる幸せを捨てるなんて許せないよ」

「そこまでいわなくても」

今までやってこられたし、と続けようとしたが、ののさんが先に宣言した。

「あたしが、モンちゃんをご飯大好きに改造する」


ありがたいことに、ののさんの改造計画には、予算の上限が定められていた。一食上限二千円だ。わたしにも何とかなる。酒代は別だが、どのみち車だから飲めない。

食べ歩き予算を捻出《ねんしゅつ》するため、副業を考えていたとき、支局長から松山校の講師の話を持ち掛けられた。年度末で学生バイトの入れ替わりがあったため、中学生部門の講師が足りないのだそうだ。交通費がでると聞いて、二つ返事で引き受けた。かなり楽になった。

わたしは、ののさんと一緒にあちこちの店を食べ歩いた。出張帰りのわたしを今治《いまばり》港で拾ってもらい、イタリア料理店に食べにいったりした。鯛《たい》の養殖量日本一の宇和《うわ》島《じま》まで車を飛ばして鯛尽くしを味わったこともある。

松山から宇和島まで高速道路を使って一時間半。揚げたてのじゃこてんに、作り立てのかまぼこ。どれも美味しかったが、鯛茶《ちゃ》漬《づ》けは極上の美味しさだった。生簀《いけす》直送の鯛は新鮮で、たとえメニューになくても、頼めば鯛茶漬けや鯛飯をだしてくれたりもした。

鯛茶漬けは、店ごとに異なる。鯛は、煮ても焼いても刺身にしても美味しい魚だ。切り身をご飯にのせて、あつあつの茶をかけるシンプルな料理だから、いくらでも応用が効く。

切り身にタレと卵をからませて、熱い昆布出汁《だし》をかけた宇和島風鯛茶漬けが主流だが、鯛をあぶった炙《あぶ》り鯛茶漬けや、劇団の打ち上げにでた炊き込み式の鯛茶漬けなど、無限にバリエーションがある。

カウンターに座って、料理がでてくるまで、どんな茶漬けなのかわからない。美味しかった、と感激して、次にいってみると、ミラノ風鯛茶漬けが宇和島風に変わっていたりする。そういえば、居酒屋で食べた麦飯の炊き込み鯛茶漬けは、また訪れたときはメニューから消えていた。

「麦飯を炊く釜《かま》がこわれちゃってね」

残念だったが、かわりにでてきた鯛茶漬けが、わたし好みのあっさりした味付けだったから美味しくいただいた。ののさんは炊き込み風が好きだったから、ガッカリしていた。

どの店のも美味しくて、いくたび二人で「ここが最高」と盛り上がった。

楽しいことばかりではなかった。母の病状は悪化の一途だった。検査の結果、母の病状がわたしの想像よりはるかに深刻だったことがわかった。いや、薄々そうかもしれないと思っていたが、目をそらしてきたのだ。

主治医に治療方法はないと告げられた日、わたしはいつも通り病院をでた。今日は自宅に帰って、家の中を片づけなければならない。時間があるうちに。だが、駐車場で車をだすのに失敗した。

エンジンをかけて駐車スペースからだそうとして、気が付いたときには車が持ち上がってドスンと落ちた。逆走して、車止めを乗り越えたのだ。

あわてて車をとめて、後ろをみにいった。ありがたいことに後ろの駐輪スペースにたまたま他の車は入ってなかった。切り返しで何とか車を元の位置に戻すことができた。

そのときには全身が脂汗にまみれて、手足の震えが止まらなかった。ハンドルに覆いかぶさって気持ちが落ち着くのを待った。身体が自分の物ではないような感覚がする。頬を叩《たた》いても治らない。こんな状態で、高速道を使って自宅に帰れるだろうか？

バスで帰る？　それなら往復料金で、安いビジネスホテルに泊まれる。だが、家に帰らなければならない。幾つもの選択肢が頭をぐるぐる回って決められなかった。

それでわたしは、今まで一度もしなかったことをした。友だちに助けを求めたのだ。ののさんに電話して、「迎えにきて」と頼んだ。

四十分後、わたしたちは三番町《さんばんちょう》の鉄板焼きの店で、お店のチャンポンが鉄板の上でじゅうじゅうと焼けるのを待っていた。一人二人とメンバーが増えて、四人になり、皿が卓に一杯になった。みなメニューもみずにポンポンと注文している。生タコ焼きや、イカ焼きの香ばしい湯気が鼻孔をくすぐる。皿が回され、全員に分配された。

ここのチャンポンは、長崎チャンポンとはちがい、鉄板で焼かれる。そば飯だ。

「美味しいよ」

でてきたそば飯は、ほどよく麵《めん》が焦げて、熱いソースの匂いがした。鉄板で焼かれた麵とご飯とたっぷりの具。甘じょっぱい麵が口の中でもちもちとして、焼き飯の香ばしい甘みと交じりあった。一口ごとに食感が変わって、途方もなく美味しかった。

みんなでそば飯を取りあった。

だれもわたしに事情を聞かなかった。駐車場で泣きつづけたせいで顔が腫《は》れて、話すたび涙がにじんだが、みんな気づかないふりをしてくれた。

タコもイカも熱々で美味しく、焼き立てにかぶりつくと、香ばしさとうま味が口中に広がって鼻水がでた。食べながら、わたしは病院で死にかけている母のことを考えた。

「モンちゃん、食べなきゃあ」

わたしの箸《はし》が止まりそうになるたび、周りがわたしの皿に食べ物を山盛りに積み上げた。気づかってくれる人々に囲まれて、笑いながら美味しいものを胃がはち切れそうになるまで食べた。箸休めにしゃべり、胃に隙間ができるとまた注文した。だんだんと自分が温かい蒸気でふくらんだ風船のように、軽くなっていくのがわかった。熱気と活気で頭がふわふわと漂いはじめた。

この気持ちはなんだろう。宴席はすでに十人を突破して、隣のテーブルにも広がっている。ののさんの弟さんを紹介された。ののさんとよく似た背の高い優しい目をした青年だ。

ののさんがたずねた。

「落ちついた?」

しばらく考えて、わたしはうなずいた。

美味しくて、楽しくて、悲しい。その状態で落ちついている。自分は一生分の幸せを使い切ってしまったのではないか、そんな後悔がくり返し押し寄せて、わたしを暗い場所に引き込もうとする。わたしは、友だちに頼むという贅沢《ぜいたく》を自分に許してしまった。もし父が生きていれば、友だちと美味しいものを食べているわたしを背後から蹴《け》りとばして、店の外に引きずりだしただろう。わたしは、家族の介護をするだけの存在なのだから。友だちと遊んだり外食したりするのは許されないのだから。そういうことは家族への裏切りだと父親にいわれて育ったのだから。

『他の家族が辛《つら》い思いをしてるときに、おまえだけ楽してるのか。遊んでるのか』

そういって父親はわたしの顔を殴り、壁に叩きつけた。

今そばにいる人たちは、わたしと似たりよったりの経験をしている。その人たちが楽しみながら食事をしているのだから、わたしも美味しい物を楽しく食べてもいいんじゃないか、と考えた。どのみち辛いことはすぐにくるのだから。辛いことに備えて、お腹いっぱい食べて体力をつけるべきなのだ。倒れそうになったら倒れて泣いて、起き上がってまたご飯を食べる。食べて前に進むのだ。

そして、ここからすぐ近くの病室で横たわって死を待っている母のこと考えた。母がここにいればいいのにと心から思った。

わたしは、病院のそばにウィークリーマンションを借りた。

家具付きの狭い部屋から支局に通勤して、病院に通った。大学病院は入院期限を延ばしてくれたが、三か月が限度だったから、転院先を探した。以前は考えたこともなかったホスピスが選択肢として挙がってきた。

病院のコーディネーターに相談したところ、緩和ケア病棟のある病院を探してくれた。緩和ケア病棟は満室だったが、一般病棟に入院すれば優先的に緩和ケア病棟に移されると向こうの病院に教えられて、一般病棟へ転院することに決めた。

母は調子のよい日がほとんどなく、意識のあるときは苦痛に苛《さいな》まれていたから、緩和ケア病棟という選択肢をすんなり受けいれた。週明けには転院という日に母は高熱をだした。そのまま肺炎で亡くなった。

葬儀には、劇団のメンバーや地元の友だち、母の知り合いが大勢きてくれた。家の片づけは業者に任せて、法的なことは司法書士を頼った。ウィークリーマンションは引き払って、電車で職場に通える賃貸マンションを松山市内に借りた。自宅に戻らなかったのは表向きは仕事のためだったが、実際は地元の親戚《しんせき》にうんざりしたからだった。たまの息抜きが、ののさんとのご飯だった。

「地元で墓守《はかもり》しろっていうんだよね。あの人たち」

わたしはののさんにぼやいた。

「えー、一人であの大きい家に残って？」

「そう。地元に残っても仕事がないのに」

不動産会社に自宅の売却を依頼すると、買い手はすぐあらわれた。片付けが間に合わなかったため、松山近くのトランクルームを借りて、処分しきれなかった家具や遺品を運びこんだ。

その頃から、ののさんの仕事が忙しくなりはじめて、会う頻度が減っていった。離れて住んでいた頃は毎日のように会って話していたのだが、近所に引っ越したとたん、なかなか会えなくなった。三日に一度が週に一度になり、やがて一か月会わないまま、気がつくと季節は一巡りして松山で二度めの初夏を迎えていた。

わたしは外食を楽しめるようになった。

自分の好みもわかってきた。わたしが好きなのは、お店のホスピタリティよりも空間と時間だ。客をほったらかしてくれるお店がくつろげるのだ。出張でしばしば利用する松山空港二階のレストランは、好みの店だった。

レストランの窓からは飛行機の離着陸がみえ、席はたいてい空いている。鯛茶漬け《たいちゃづ》はあっさりとした切り身とお茶の香りのする出汁《だし》で、添えられるパリパリしたアラレが美味《おい》しい。お店の器や雰囲気にこだわりのあるののさんには不評だったが、ある日、ののさんからメッセージが届いた。

『松山空港の鯛茶漬け、美味しかったよ。友だちにも好評だった!』

その頃わたしは勤務先の研修で、東京にいた。研修とは名ばかりの夏季講習の手伝いに駆り出されたのだ。ののさんが一度東京に遊びにきたのだが、会ってお茶をするのがやっとだった。

劇団のメンバーたちとも距離ができた。メンバーたちとのチャットで、「この服、どう？」と相談が流れてきて、いいね！　をつけたあとで、読み返して、フェミニンなワンピースがののさんの買物と知ってびっくりしたりした。記憶にあるかぎりののさんは、いつも動きやすいパンツ姿だったのだが。

秋になり、ひさびさに会った劇団のメンバーたちはみなそれぞれ化粧をして、見違えるほどあか抜けていた。ののさんは大きなプリントのフレアーのスカートで、長身の彼女が着るとモデルのようだった。

「うちら最近、合コンにいっとるんよ」

えっ。伊予弁のミアさんの言葉に、わたしはあごが外れそうになった。

「みんなで？」

「そうなん。モンちゃんも一緒にどうよ？　ええ人を紹介するけぇ、モンちゃんの知り合いも紹介してくれへん？」

話を聞くと、わたしが夏季講習で東京にいたあいだに、劇団メンバーたちの友人の何人かが結婚したのだそうだ。その一人が、脚本を頼んでいたテレビ局のディレクター、中くんだ。彼の結婚は劇団メンバーたちに衝撃を与えた。新婚の彼は公私とも超多忙になって、頼んでいたオリジナル脚本は来年になると連絡をよこした。

劇団の公演はオリジナル脚本が売りだったから、定期公演は当面中止になった。その間、メンバーらは婚活に取りくむことにした。男嫌いが徹底しているツベさんは不参加だが、他のメンバーはほぼ参加だそうだ。

「成果はでてるの？」

ミアさんがスマホの画像をみせた。メガネをかけた小柄な男性と彼女の写真だ。

「うちは清らかな交際中。ののちゃんはいい雰囲気になったのに断っちゃった」

ののさんは、目をそらした。

「だって年下だったし」

「ののちゃん、面食いやから」

ののさん以外の全員が、うんうんとうなずいた。彼女の男性に求める基準が松山城より高いことをみんな知っていた。本人は否定しているけれど、わたしも気づいていた。

お茶のあと、ののさんがわたしを自宅まで車で送ってくれた。運転しながら、彼女はメンバーたちの婚活に無理やり付き合わされていることを愚痴った。場所が個室のあるレストランやカラオケのため、食事が美味しくないのだという。

「だから、最近は一人で松山空港にいって、二階のレストランでぼーっと飛行機の発着をながめてるんだ。モンちゃんおすすめの鯛茶漬けを食べながら」

ため息をつく彼女の目は潤み、肌はつやめいて女っぽい。鯛茶漬けの旨《うま》さを思い返してる表情ではなかった。

「モンちゃん、好きな人いる？」

質問したのは、質問してほしいからだろう。

「いい感じの人はいるよ。ののさんは？　付き合ってる人、いるの？」

ううん、と否定しながら、ののさんは頰を赤く染めた。

堰《せき》を切ったように彼女は片思い中だと打ち明けた。わたしのアパートがみえてきたが、彼女は話し足りないようで、「いいかな？」といって峠まで車を飛ばした。峠のサービスエリアに車を止めて、ため息をついた。

「このあいだ、彼とここで別れ話をしたんだよね」

予想通り相手は既婚者だった。だれかに話したいのに、話せなかったから、わたしが研修から帰るのを待っていたのだという。

「弟さんの主治医？」

ののさんはハッと息を呑《の》んだ。暗がりでもわかるほど顔から血の気が引いている。

「モンちゃん、鋭いね」

「だって先生の話ばっかりだったし」

わたしの内側にある、わたしをふくらませていた銀色の風船のようなものがしぼんでいくのを感じた。ののさんにいつか恋人ができることは予想しておくべきだった。

「プラトニックな交際で終わるはずだったの。先生に頼まれて自立支援のイベントの手伝いをして。そばにいられるだけでいいなあと、思ってたんだけど」

なぜなら弟くんの主治医は既婚者だから。お似合いの奥さんとかわいいお嬢さんがいるから。だが、東京行きの飛行機で、たまたま彼と乗り合わせた。わたしとの予定が流れてしまったため、ホテル泊まりの彼に連絡を取って飲みに誘った……。

わたしは謝った。

「ごめんね。ドタキャンしちゃって」

「ううん。モンちゃんは遅い時刻にずらしてくれたじゃない？　でも、あのときにはもう、気持ちが固まってたんだ。飛行機で先生と乗り合わせたときに、こんなチャンスは一生に一度だと思ったから」

わたしがののさんとの約束をドタキャンしたのは、研修の打上げに役員がくると聞いたからだ。本社への移籍を打診されていた。打上げ名目の非公式の面接だった。

ののさんは鼻をすすり、顔を背けて涙を隠した。

「恥ずかしいよ。友だちより好きな人を取って。今、こんな苦しい思いをしてるのは自業自得だね」

わたしも同じだ。大好きな人より、仕事を取った。

ののさんが落ち着くまで、峠から街の夜景をながめた。

「ののさん、それで禁断の味の感想は？」

ののさんは、ティッシュで鼻を噛《か》み、ふふ、と笑った。

「美味しかった。くせになりそうなぐらい」

「弟さんは気づいてる？」

ののさんは首を振った。わたしは、彼女の弟さんの清潔な容貌《ようぼう》を思い浮かべた。繊細さという爆弾を抱えた青年。

「もし、弟さんが年上の人妻と関係してたら、ののさんはどう思う？」

ののさんの背中が伸びた。心からの嫌悪をこめた声で吐き捨てた。

「その女をブッ殺す！」

それから言葉がわが身に返ってきたらしく、うなだれた。両手で顔を押さえてぶつくさいった。

「もうっ、モンちゃんなんて大嫌いだよう」

わたしは笑った。

わたしは正式に東京本社に移籍することになり、引っ越し準備に追われた。

東京本社に移籍した翌年、新型コロナ感染症によって都府県をまたいだ旅行が難しくなった。その後、感染者数がややおさまった時期に、松山に一度帰った。墓参りとトランクルームに預けた荷物を整理するためだった。松山の友だちや知人には知らせなかった。微妙な時期に友人たちを迷わせることはしたくなかった。

家具は捨てて、貴重品や思い出の品を段ボール箱三つにまとめて、東京に送った。

帰りの松山空港は、霧につつまれていた。

予約した便は欠航になり、次の便に予約を振り替えた。食事でも、と二階にいってみると、わたしがよく利用していたレストランがなくなっていた。

しばし呆然《ぼうぜん》としたあと他の店をのぞいたが、半分は休業しており、開いている店は欠航便の客で満員だった。店が空《す》くのを待つことにして、三階の展望デッキに向かった。三階の明屋《はるや》書店のコーヒーカウンターでコーヒーを飲みながら、濃霧に閉ざされた滑走路をながめた。窓ガラスに水滴がついている。

白い世界をながめているうち、自分が気づいてないだけで、ずっとこんなふうな濃い霧の中にいた気がした。霧の中を手探りしながら進んでいる。手探りで仕事を変えて、住所も変えた。

ののさんに気軽に会えなくなるとわかっていたら、東京本社に移籍しなかったかもしれない。

だけど、ここに残っていれば仕事は確実に消えていただろう。古巣の松山の予備校は、コロナによる教室閉鎖で、契約やアルバイトの講師は仕事がなくなった。

ののさんや元劇団のメンバーたちにも転職を余儀なくされた人がいる。ののさんは転職してリモートワークの仕事についた。一軒家を借りて、弟さんとともに引っ越した。折り合いの悪い父親と離れて、弟さんは調子よく暮らしているそうだ。ののさんは、近くにある海鮮料理の店がものすごく美味《おい》しいのだと話す。

「コロナがおさまったら食べにいこうね」

劇団は稽古《けいこ》ができないため無期限停止状態だが、ミアさんの結婚相手がネットメディア業界の人だったため、彼の手引きでメンバーたちはオンライン実況をはじめた。かなりのアクセス数を稼いでいるらしい。

「モンちゃんはどうしてるの？」

そう聞かれるたび、わたしは「何とか暮らしてます」と答える。

友だちがだれもいない東京で、家族がだれもいない状況で、慣れないリモートワークの仕事にしがみついている。だが、何とかやっている。

ののさんがわたしに与えてくれた、胸の中の温かいふくらみは少々破れたものの、きちんと機能している。わたしはよく食べ、よく眠り、よく運動している。職場の人たちとも仲良くなった。何とかなるはずだ。

霧がでているあいだは先のことをよくよ考えても仕方がない。どこにもいけないのだから。頭の中をリセットして、ただ霧が晴れるのを待つ。

そう思いながら、わたしはこの霧が続くことを願った。霧の晴れた先に、わたしを待っていてくれる人がいる気がするからだ。一緒に美味しいご飯を食べるだれかが。

いつか。

本書は文庫オリジナルアンソロジーです。

おいしい旅《たび》

初《はじ》めて編《へん》

近藤《こんどう》史恵《ふみえ》／坂木《さかき》 司《つかさ》／篠田《しのだ》真由美《まゆみ》／
図子《ずし》 慧《けい》／永嶋《ながしま》恵美《えみ》／松尾《まつお》由美《ゆみ》／松村《まつむら》比呂美《ひろみ》

アミの会《かい》＝編

令和4年 7月25日　初版発行
令和4年 8月25日　再版発行

発行者●堀内大示

発行●株式会社KADOKAWA
〒102-8177　東京都千代田区富士見2-13-3
電話　0570-002-301（ナビダイヤル）

角川文庫 23250

印刷所●株式会社暁印刷
製本所●本間製本株式会社

表紙画●和田三造

●お問い合わせ
https://www.kadokawa.co.jp/（「お問い合わせ」へお進みください）
※内容によっては、お答えできない場合があります。
※サポートは日本国内のみとさせていただきます。
※Japanese text only

ISBN 978-4-04-112598-4　C0193

◇◇◇

角川文庫発刊に際して

角川源義

第二次世界大戦の敗北は、軍事力の敗北であった以上に、私たちの若い文化力の敗退であった。私たちの文化が戦争に対して如何に無力であり、単なるあだ花に過ぎなかったかを、私たちは身を以て体験し痛感した。西洋近代文化の摂取にとって、明治以後八十年の歳月は決して短かすぎたとは言えない。にもかかわらず、近代文化の伝統を確立し、自由な批判と柔軟な良識に富む文化層として自らを形成することに私たちは失敗して来た。そしてこれは、各層への文化の普及滲透を任務とする出版人の責任でもあった。

一九四五年以来、私たちは再び振出しに戻り、第一歩から踏み出すことを余儀なくされた。これは大きな不幸ではあるが、反面、これまでの混沌・未熟・歪曲の中にあった我が国の文化に秩序と確たる基礎を齎らすためには絶好の機会でもある。角川書店は、このような祖国の文化的危機にあたり、微力をも顧みず再建の礎石たるべき抱負と決意とをもって出発したが、ここに創立以来の念願を果すべく角川文庫を発刊する。これまで刊行されたあらゆる全集叢書文庫類の長所と短所とを検討し、古今東西の不朽の典籍を、良心的編集のもとに、廉価に、そして書架にふさわしい美本として、多くのひとびとに提供しようとする。しかし私たちは徒らに百科全書的な知識のジレッタントを作ることを目的とせず、あくまで祖国の文化に秩序と再建への道を示し、この文庫を角川書店の栄ある事業として、今後永久に継続発展せしめ、学芸と教養との殿堂として大成せんことを期したい。多くの読書子の愛情ある忠言と支持とによって、この希望と抱負とを完遂せしめられんことを願う。

一九四九年五月三日

角川文庫ベストセラー

散りしかたみに　近藤史恵

歌舞伎座での公演中、芝居とは無関係の部分で必ず桜の花びらが散る。誰が、何のために、どうやってこの花びらを降らせているのか？　一枚の花びらから、梨園の中で隠されてきた哀しい事実が明らかになる――。

桜姫　近藤史恵

十五年前、大物歌舞伎役者の跡取り息子として将来を期待されていた少年・市村音也が幼くして死亡した。音也の妹の笙子は、自分が兄を殺したのではないかという誰にも言えない疑問を抱いて成長したが……。

ダークルーム　近藤史恵

立ちはだかる現実に絶望し、窮地に立たされた人間たちが取った異常な行動とは。日常に潜む狂気と、明かされる驚愕の真相。ベストセラー『サクリファイス』の著者が厳選して贈る、8つのミステリ集。

さいごの毛布　近藤史恵

年老いた犬を飼い主の代わりに看取る老犬ホームに勤めることになった智美。なにやら事情がありそうなオーナーと同僚、ホームの存続を脅かす事件の数々――。愛犬の終の棲家の平穏を守ることはできるのか？

二人道成寺　近藤史恵

不審な火事が原因で昏睡状態となった、歌舞伎役者の妻・美咲。その背後には2人の俳優の確執と、秘められた愛憎劇が――。梨園の名探偵・今泉文吾が活躍する切ない恋愛ミステリ。

角川文庫ベストセラー

震える教室　近藤史恵

歴史ある女子校、凰西学園に入学した真矢は、マイペースな花音と友達になる。ある日、ピアノ練習室で、2人は宙に浮かぶ血まみれの手を見てしまう。少女たちが謎と怪異を解き明かす青春ホラー・ミステリー。

みかんとひよどり　近藤史恵

シェフの亮二は鬱屈としていた。料理に自信はあるのに、店に客が来ないのだ。そんなある日、山で遭難しかけたところを、無愛想な猟師・大高に救われる。彼の腕を見込んだ亮二は、あることを思いつく……。

ホテルジューシー　坂木司

天下無敵のしっかり女子、ヒロちゃんが沖縄の超アバウトなゲストハウスにて繰り広げる奮闘と出会いと笑いと涙と、ちょっぴりドキドキの日々。南風が運ぶ大共感の日常ミステリ!!

大きな音が聞こえるか　坂木司

退屈な毎日を持て余していた高1の泳は、終わらない波・ポロロッカの存在を知ってアマゾン行きを決める。たくさんの人や出来事に出会いぶつかりながら、泳は少しずつ成長していき……胸が熱くなる青春小説！

肉小説集　坂木司

凡庸を嫌い、「上品」を好むデザイナーの僕。正反対な婚約者には、さらに強烈な父親がいて――。(「アメリカ人の王様」) 不器用でままならない人生の瞬間を、肉の部位とそれぞれの料理で彩った短篇集。

角川文庫ベストセラー

鶏小説集
坂木　司

似てるけど似てない俺たち。思春期の葛藤と成長を描く（「トリとチキン」）。人づきあいが苦手な漫画家が描く、エピソードゼロとは？（「とべ　エンド」）。肉と人生をめぐるユーモアと感動に満ちた短篇集。

閉ざされて
篠田真由美

函館の西郊に海を臨んで建つ邸宅。3代続く老舗宝石店の財産をめぐり、家族の謎が明らかになる……。鮮やかな叙述で導かれる衝撃のラスト。著者渾身のドラマティック・ミステリ！

闇の聖天使
ヴェネツィア・ヴァンパイア・サーガ
篠田真由美

東京を襲った大地震。命からがら異国の地に流れ着いた少年を救ったのは、浅黒い肌をした美青年と、プラチナの髪に菫色の眸をした美少年だった。彼らはこの街の陰の支配者であり、ある秘密を持っていた——。

ショートショートドロップス
新井素子・上田早夕里・恩田陸・図子慧・高野史緒・辻村深月・新津きよみ・萩尾望都・堀真潮・松崎有理・三浦しをん・皆川博子・宮部みゆき・村田沙耶香・矢崎存美　編／新井素子

いろんなお話が詰まった、色とりどりの、ドロップの缶詰。可愛い話、こわい話に美味しい話。女性作家によるショートショート15編を収録。

青に捧げる悪夢
岡本賢一・乙一・恩田　陸・小林泰三・近藤史恵・篠田真由美・瀬川ことび・新津きよみ・はやみねかおる・若竹七海

その物語は、せつなく、時におかしくて、またある時はおぞましい——。背筋がぞくりとするようなホラー・ミステリ作品の饗宴！　人気作家10名による恐くて不思議な物語が一堂に会した贅沢なアンソロジー。

角川文庫ベストセラー

赤に捧げる殺意

赤川次郎・有栖川有栖・太田忠司・折原一・霞流一・鯨統一郎・西澤保彦・麻耶雄嵩

火村&アリスコンビにメルカトル鮎、狩野俊介など国内の人気名探偵を始め、極上のミステリ作品が集結！ 現代気鋭の作家8名が魅せる超絶ミステリ・アンソロジー！

金田一耕助に捧ぐ九つの狂想曲

赤川次郎・有栖川有栖・小川勝己・北森鴻・京極夏彦・栗本薫・柴田よしき・菅浩江・服部まゆみ

もじゃもじゃ頭に風采のあがらない格好。しかし誰よりも鋭く、心優しく犯人の心に潜む哀しみを解き明かす――。横溝正史が生んだ名探偵が9人の現代作家の手で蘇る！ 豪華パスティーシュ・アンソロジー！

本をめぐる物語 一冊の扉

中田永一、宮下奈都、原田マハ、小手鞠るい、朱野帰子、沢木まひろ、小路幸也、宮木あや子
編／ダ・ヴィンチ編集部

新しい扉を開くとき、そばにはきっと本がある。遺作の装幀を託された〝あなた〟、出版社の校閲部で働く女性などを描く、人気作家たちが紡ぐ「本の物語」。本の情報誌『ダ・ヴィンチ』が贈る新作小説全8編。

本をめぐる物語 栞は夢をみる

大島真寿美、柴崎友香、福田和代、中山七里、雀野日名子、雪舟えま、田口ランディ、北村薫
編／ダ・ヴィンチ編集部

本がつれてくる、すこし不思議な世界全8編。水曜日にしかたどり着けない本屋、沖縄の古書店で見つけた自分と同姓同名の記述……。本の情報誌『ダ・ヴィンチ』が贈る「本の物語」。新作小説アンソロジー。

本をめぐる物語 小説よ、永遠に

神永学、加藤千恵、島本理生、椰月美智子、海猫沢めろん、佐藤友哉、千早茜、藤谷治
編／ダ・ヴィンチ編集部

人気シリーズ「心霊探偵八雲」の中学時代のエピソード「真夜中の図書館」、物語が禁止された国に生まれた子どもたちの冒険「青と赤の物語」など小説が愛おしくなる8編を収録。旬の作家による本のアンソロジー。

角川文庫ベストセラー

猫のはなし
恋猫うかれ猫はらみ猫
選／浅田次郎
編／日本ペンクラブ

小説家、詩人、児童作家など様々な人達が、猫の魅力を描く。いつも自分に寄り添ってくれた愛猫や、十二支の中になぜ猫がいないのかなど、語り口も様々。浅田次郎、北原白秋、豊島與志雄、坪田譲治ほか。

犬のはなし
古犬どら犬悪たれ犬
選／出久根達郎
編／日本ペンクラブ

小説家、詩人、エッセイストなど様々な人達が、犬の魅力を描く。十匹の犬と暮らしていた日々や、犬にまつわる童話など、犬好きにはたまらない一冊。長谷川如是閑、菊池寛、北原白秋、森茉莉ほか。

富士山
編／千野帽子

川端康成、太宰治、新田次郎、尾崎一雄、山下清、井伏鱒二、夏目漱石、永井荷風、岡本かの子、若山牧水、森見登美彦など、古今の作家が秀峰富士を描いた小説、紀行、エッセイを一堂に集めました。

夏休み
編／千野帽子

灼熱の太陽の下の解放感。プール、甲子園、田舎暮らし、ほのかな恋。江國香織、辻まこと、佐伯一麦、藤野可織、片岡義男、三木卓、堀辰雄、小川洋子、万城目学、角田光代、秋元康が描く、名作短篇集。

オリンピック
編／千野帽子

観戦記から近未来SFまで。スポーツの祭典、オリンピックにまつわる文学を集めたアンソロジー。三島由紀夫、沢木耕太郎、田中英光、小川洋子、筒井康隆、グルニエ、山際淳司、アイリアノス、中野好夫を収録。

角川文庫ベストセラー

運命の恋
恋愛小説傑作アンソロジー

池上永一、角田光代、中島京子、村上春樹、山白朝子、唯川　恵、
編／瀧井朝世

村上春樹、角田光代、山白朝子、中島京子、池上永一、唯川恵。恋愛小説の名手たちによる〝運命〟をテーマにしたアンソロジー。男と女はかくも違う、だからこそ惹かれあう。瀧井朝世編。カバー絵は「君の名は。」より。

行きたくない

加藤シゲアキ・阿川せんり・渡辺　優・小嶋陽太郎・奥田亜希子・住野よる

人気作家6名による夢の競演。誰だって「行きたくない」時がある。幼馴染の別れ話に立ち会う高校生、生徒の愚痴を聞く先生、帰らない恋人を待つOL――それぞれの所在なさにそっと寄り添う書き下ろし短編集。

SF JACK

新井素子、上田早夕里、冲方丁、小林泰三、今野敏、堀晃、宮部みゆき、山田正紀、山本弘、夢枕獏、吉川良太郎
編／日本SF作家クラブ

SFの新たな扉が開く!! 豪華執筆陣による夢の競演がついに実現。物語も、色々な世界が楽しめる1冊。変わらない毎日からトリップしよう！

平成ストライク

青崎有吾、天祢　涼、乾　くるみ、井上夢人、小森健太朗、白井智之、千澤のり子、貫井徳郎、遊井かなめ

平成を見つめ、令和を生きるすべての人に贈るアンソロジー！　福知山線脱線事故、炎上、消費税、東日本大震災など――。平成の時代に起きた様々な事件・事象を、9人のミステリ作家が各々のテーマで紡ぐ。

ミステリ・オールスターズ

編／本格ミステリ作家クラブ

本格ミステリ作家クラブ設立10周年記念の書き下ろしアンソロジーがついに文庫化!!　辻真先、北村薫、芦辺拓、綾辻行人、有栖川有栖などベテラン執筆陣と注目の新鋭全28名が一堂に会した本格ミステリ最先端！

角川文庫ベストセラー

女性作家捕物帳アンソロジー 撫子が斬る (上)(下)

選／宮部みゆき
編／日本ペンクラブ

宇江佐真理、澤田瞳子、藤原緋沙子、北原亞以子、藤水名子、杉本章子、澤田ふじ子、宮部みゆき、畠中恵、山崎洋子、松井今朝子、諸田玲子、杉本苑子、築山桂、平岩弓枝――。当代を代表する女性作家15名による、色とりどりの捕物帳アンソロジー。

時代小説アンソロジー 商売繁盛

朝井まかて・梶 よう子・西條奈加・畠中 恵・宮部みゆき
編／末國善己

宮部みゆき、朝井まかてほか、人気作家がそろい踏み！ 古道具屋、料理屋、江戸の百円ショップ……活気溢れる江戸の町並みを描いた、賑やかで楽しい〝お店〟小説の数々。

医療時代小説傑作選 いのちを守る

宇江佐真理、藤沢周平、藤原緋沙子、山本一力、渡辺淳一
編／菊池 仁

藤沢周平、山本一力他、人気作家が勢揃い！ 鍼灸師、獄医、感染症対策……確かな技術と信念で患者と向き合った、江戸の医者たちの奮闘を描く。読む人の心を癒やす、まったく新しい医療時代小説アンソロジー。

吉原花魁

宇江佐真理・平岩弓枝・藤沢周平 他
編／縄田一男

苦界に生きた女たちの悲哀を描く時代小説アンソロジー。隆慶一郎、平岩弓枝、宇江佐真理、杉本章子、南原幹雄、山田風太郎、藤沢周平、松井今朝子の名手8人による豪華共演。縄田一男による編、解説で贈る。

大奥華伝

平岩弓枝・永井路子・松本清張・山田風太郎他
編／縄田一男

杉本苑子「春日局」、海音寺潮五郎「お万の方旋風」「矢島の局の明暗」、山田風太郎「元禄おさめの方」、平岩弓枝「絵島の恋」、笹沢左保「女人は二度死ぬ」、松本清張「天保の初もの」、永井路子「天璋院」を収録。

角川文庫ベストセラー

戦国秘史
歴史小説アンソロジー

伊東 潤・風野真知雄・武内 涼・中路啓太・宮本昌孝・矢野 隆・吉川永青

甲斐宗運、鳥居元忠、茶屋四郎次郎、北条氏康、片桐且元……知られざる武将たちの凄絶な生きざま。大注目の作家陣がまったく新しい戦国史を描く、書き下ろし&オリジナル歴史小説アンソロジー！

春はやて
時代小説アンソロジー

平岩弓枝、藤原緋沙子、柴田錬三郎、野村胡堂、岡本綺堂
編／縄田一男

幼馴染みのおまつとの約束をたがえ、奉公先の婿となり主人に収まった吉兵衛は、義母の苛烈な皮肉を浴びる日々だったが、おまつが聖坂下で女郎に身を落としていると知り……（「夜明けの雨」）。他4編を収録。

夏しぐれ
時代小説アンソロジー

平岩弓枝、藤原緋沙子、諸田玲子、横溝正史、柴田錬三郎
編／縄田一男

夏の神事、二十六夜待で目白不動に籠もった俳諧師が死んだ。不審を覚えた東吾が探ると……。『御宿かわせみ』からの平岩弓枝作品や、藤原緋沙子、諸田玲子など、江戸の夏を彩る珠玉の時代小説アンソロジー！

秋びより
時代小説アンソロジー

池波正太郎、藤原緋沙子、岡本綺堂、岩井三四二、佐江衆一
編／縄田一男

池波正太郎、藤原緋沙子、岡本綺堂、岩井三四二、佐江衆一……江戸の「秋」をテーマに、人気作家の時代小説短篇を集めました。縄田一男さんを編者とした大好評時代小説アンソロジー第3弾！

冬ごもり
時代小説アンソロジー

池波正太郎、宮部みゆき、松本清張、南原幹雄、宇江佐真理、山本一力
編／縄田一男

本所の蕎麦屋に、正月四日、毎年のように来る客。彼の腕にはある彫ものが……／「正月四日の客」池波正太郎ほか、宮部みゆき、松本清張など人気作家がそろい踏み！　冬がテーマの時代小説アンソロジー。

角川文庫ベストセラー

きみが見つける物語
十代のための新名作　こわ〜い話編

編／角川文庫編集部

放課後誰もいなくなった教室、夜中の肝試し。都市伝説や怪談――。読者と選んだ好評アンソロジーシリーズ。こわ〜い話編には、赤川次郎、江戸川乱歩、乙一、雀野日名子、高橋克彦、山田悠介の短編を収録。

きみが見つける物語
十代のための新名作　不思議な話編

編／角川文庫編集部

いつもの通学路にも、寄り道先の本屋さんにも、見渡してみればきっと不思議が隠れてる。読者と選んだ好評アンソロジー。不思議な話編には、いしいしんじ、大崎梢、宗田理、筒井康隆、三崎亜記の傑作短編を収録。

きみが見つける物語
十代のための新名作　切ない話編

編／角川文庫編集部

たとえば誰かを好きになったとき。心が締めつけられるように痛むのはどうして？　読者と選んだ好評アンソロジー。切ない話編には、小川洋子、荻原浩、加納朋子、川島誠、志賀直哉、山本幸久の傑作短編を収録。

きみが見つける物語
十代のための新名作　オトナの話編

編／角川文庫編集部

大人になったきみの姿がきっとみつかる、がんばる大人の物語。読者と選んだ好評アンソロジーシリーズ。オトナの話編には、大崎善生、奥田英朗、原田宗典、森絵都、山本文緒の傑作短編を収録。

きみが見つける物語
十代のための新名作　運命の出会い編

編／角川文庫編集部

部活、恋愛、友達、宝物、出逢いと別れ……少年少女小説の名手たちが綴った短編青春小説6編を集めた、極上のアンソロジー。あさのあつこ、魚住直子、角田光代、笹生陽子、森絵都、椰月美智子の作品を収録。